Editorial . . . . ROBERTO JANNARELLI
. . . . VICTORIA REBELLO
. . . . ISABEL RODRIGUES
. . . . DAFNE BORGES
Comunicação . . . . MAYRA MEDEIROS
. . . . PEDRO FRACCHETTA
. . . . GABRIELA BENEVIDES
Preparação . . . . ELOAH PINA
Revisão . . . . PAULA QUEIROZ
. . . . TAMARA SEMDER
Cotejo . . . . LETÍCIA CÔRTES
Diagramação . . . . DESENHO EDITORIAL
Capa e projeto gráfico . . . . . GIOVANNA CIANELLI

TRADUÇÃO:
LUCAS SIMONE

SE ENCONTRARAM NA NOITE:

DANIEL LAMEIRA
LUCIANA FRACCHETTA
RAFAEL DRUMMOND
&
SERGIO DRUMMOND

Fiódor Dostoiévski

Noites Brancas

Romance sentimental (das recordações de um sonhador)

NANO

Primeira noite

Era uma noite maravilhosa, uma daquelas noites que talvez só possam existir quando somos jovens, caro leitor. O céu estava tão estrelado, um céu tão claro que, ao olhar para ele, vinha involuntariamente uma necessidade de se perguntar: como é que podem viver debaixo de um céu como esse tantas pessoas zangadas e caprichosas? Essa também é uma pergunta pueril, caro leitor, muito pueril, mas que o Senhor possa enviá-la com mais frequência à sua alma!... Falando de diversos senhores caprichosos e zangados, não pude deixar de me lembrar também do meu comportamento bem-educado durante todo aquele dia. Desde bem cedo de manhã, comecei a ser atormentado por uma incrível angústia. De repente, fiquei com a impressão de que eu, solitário, estava sendo abandonado por todos e de que todos estavam se afastando de mim. É claro que qualquer um tem o direito de perguntar: mas quem são esses todos? Porque já faz oito anos que eu moro em Petersburgo e não consegui fazer quase nenhuma amizade. Mas por que é que deveria? E, mesmo sem isso, conheci toda a Petersburgo; assim, tive a impressão de que todos tinham me abandonado quando toda a Petersburgo se levantou e, de repente, partiu para a *datcha*.[1] Tive medo

---

1 Fazenda, casa de campo.

de ficar sozinho e passei três dias inteiros vagando pela cidade numa angústia profunda, sem entender absolutamente nada do que estava acontecendo comigo. Podia ir à Niévski,[2] ao jardim, podia vagar pelas marginais — e nada daqueles rostos que eu acostumara a encontrar naquele mesmo local, em determinada hora, durante o ano todo. É claro que eles não me conhecem, mas eu os conheço. Eu os conheço de maneira íntima; quase aprendi a fisionomia de cada um — e fico me deleitando com eles quando estão contentes, e melancólico, quando estão entristecidos. Quase virei amigo de um velhote que encontro todo santo dia, em determinada hora, no Fontanka.[3] A fisionomia é tão orgulhosa, pensativa; ele fica só murmurando alguma coisa bem baixinho e agitando a mão esquerda, enquanto na direita ele tem uma bengala comprida e nodosa, com castão dourado. Até ele me notou e demonstrou por mim um interesse cordial. Se acontecesse de eu não estar naquela determinada hora, naquele mesmo lugar do Fontanka, tenho certeza de que ele seria tomado pela melancolia. E é por isso que, às vezes, nós por pouco não cumprimentamos um ao outro, especialmente quando ambos estamos num bom estado de espírito. Uma vez, quando ficamos dois dias inteiros sem nos vermos e, no terceiro dia, nos encontramos, já estávamos para agarrar o chapéu, mas por sorte percebemos a tempo, abaixamos

---

2 Principal avenida de São Petersburgo.

3 Um dos canais de São Petersburgo.

a mão e passamos um pelo outro com simpatia. Os prédios também são meus conhecidos. Quando eu caminho, cada um deles parece avançar diante de mim na rua, olhar para mim com todas as janelas, e por pouco não diz: "Olá; como vai sua saúde? Também estou saudável, graças a Deus, mas no mês de maio vão acrescentar um andar em mim". Ou: "Como está sua saúde? Amanhã vão me reformar". Ou: "Por pouco não peguei fogo, e nisso, que susto levei" etc. Entre eles, tenho meus favoritos, os amigos íntimos; um deles pretende tratar-se com um arquiteto nesse verão. Vou passar por lá todo dia, de propósito, para que não o matem de algum jeito com o tratamento, Deus que o livre!... Mas nunca hei de me esquecer de uma história de um prediozinho rosa-claro, dos mais bonitinhos. Era um prediozinho de pedra tão encantador, olhava para mim com ar tão afável, olhava com ar tão altivo para seus vizinhos desajeitados, que meu coração se alegrava quando acontecia de eu passar por ele. De repente, na semana passada, eu caminhava pela rua e, quando olhei para meu amigo, ouvi um grito lamentoso: "Vão me pintar de amarelo!". Miseráveis! bárbaros! Não pouparam nada: nem as colunas, nem as cornijas, e meu amigo ficou amarelo como um canário. Por pouco não derramei bile nesse momento, e até agora ainda não tive forças para visitar meu coitadinho desfigurado, pintado com a cor do império celestial.[4]

---

4 Antiga denominação da China, cuja bandeira representava um dragão contra um fundo dourado.

Pois bem, agora você entende, leitor, de que maneira conheço toda a Petersburgo.

Já disse que, durante três dias, fui atormentado pela inquietação, até adivinhar a causa daquilo. Já na rua eu me sentia mal (esse não está, aquele não está, onde é que se enfiou aquele outro?), mas em casa também estava fora de mim. Por duas noites, fiquei tentando entender: o que me faltava no meu canto? por que razão era tão incômodo ficar nele? – e, perplexo, fiquei examinando as minhas paredes verdes, cheias de fuligem, o teto coberto por uma teia de aranha que Matriona cultivava com enorme êxito, reexaminei toda a minha mobília, examinei cada cadeira, pensando se não estaria ali a desgraça (porque, na minha casa, se uma cadeira que seja não estiver no mesmo lugar do dia anterior, fico fora de mim), olhei pela janela, e tudo em vão... não me senti nem um pouco mais leve! Acabei até inventando de chamar Matriona e passar-lhe ali mesmo um sermão paternal, por causa da teia e do desmazelo geral; mas ela só olhou para mim, surpresa, e foi embora, sem responder uma palavra sequer, de maneira que a teia de aranha até agora está prosperamente pendurada no mesmo lugar. Por fim, só hoje de manhã é que eu fui adivinhar o que acontecia. Ah! mas é que escapuliram de mim para a *datcha*! Perdão pela palavrinha banal, mas é que eu não estava muito para estilos elevados... porque, afinal de contas, o que quer que existisse em Petersburgo ou tinha se deslocado, ou estava se deslocando para a *datcha*; porque todo respeitável senhor de agradável aparência que alugava uma carruagem transformava-se imediatamente, aos meus olhos, num respeitável pai de família que, depois de suas habituais ocupações profissionais, partia, sem carregar nada, para o seio de sua família, para a *datcha*; porque cada transeunte agora tinha um aspecto totalmente particular, que por pouco não dizia a quem viesse a seu encontro: "Senhores, só estamos aqui por estar, de passagem, pois daqui a duas horas partiremos para a *datcha*". Caso se abrisse uma janela, pela qual uns dedinhos fininhos tamborilariam, brancos como açúcar, e depois saísse dali a cabecinha de uma mocinha bonita, chamando um vendedor ambulante com vasinhos de flores, para mim pareceria no mesmo instante, na mesma hora, que essas flores só seriam compradas por comprar, quer dizer, de jeito nenhum para que se deleitassem com a primavera e com as flores num sufocante apartamento da cidade, mas sim que muito em breve todos se deslocariam para a *datcha* e levariam consigo as flores. Mais do que isso, eu já obtivera tantos sucessos em meu novo e peculiar tipo de descoberta, que, só de olhar, já podia determinar, de maneira infalível, quem vivia em que tipo de *datcha*. Os habitantes das ilhas Kámenny e Aptiékarski ou da estrada de Petergof distinguiam-se pela elegância estudada dos modos, pelos trajes elegantes de verão e pelas carruagens magníficas com as quais vinham à cidade. Os moradores de Párgolovo e de lugares ainda mais distantes "impressionavam", à primeira vista, por sua prudência e gravidade; o visitante da ilha Krestóvski distinguia-se pelo ar de imperturbável alegria.[5] Se eu conseguia encontrar uma longa procissão de carroceiros, preguiçosamente andando, com as rédeas na mão, junto às carroças, repletas com verdadeiras montanhas de todo tipo de mobília, mesas, cadeiras, sofás turcos e não turcos e outros trastes domésticos, sobre os quais, por cima de tudo isso, ia com frequência aboletada, bem no alto da carroça, uma cozinheira mirrada, guardando os bens senhoriais como a menina dos olhos; se eu olhava para os barcos carregados de utensílios domésticos, deslizando pelo Nevá ou pelo Fontanka, até o Tchórnaia Riétchka[6] ou até as ilhas, então as carroças e barcos multiplicavam-se por dez, multiplicavam-se por cem aos meus olhos; parecia que tudo havia se erguido e partido, que tudo estava de mudança para a *datcha*, em caravanas inteiras; parecia que Petersburgo inteira ameaçava transformar-se em um deserto, tanto que finalmente me senti envergonhado, ofendido e triste: eu não tinha rigorosamente nenhum lugar e nenhum motivo para ir para a *datcha*. Estava disposto a ir embora com cada carroça,

---

5 A ilha Kámenny fica ao norte do centro histórico de São Petersburgo, na foz do rio Nevá. À época, era onde ficavam as *datchas* dos habitantes mais ricos da cidade. A ilha Aptiékarski, localizada na mesma região, era menos aristocrática, enquanto a vizinha Krestóvski era um enorme parque, com poucas construções. Párgolovo é um vilarejo mais afastado, também ao norte, e no verão era povoado pelas camadas menos abastadas da população.

6 Um dos braços do delta do rio Nevá.

partir com cada senhor de aparência respeitável que alugava uma carruagem; mas nenhum deles, rigorosamente ninguém me convidou; como se tivessem me esquecido, como se eu fosse mesmo para eles um estranho!

Andei muito e por um longo tempo, tanto que consegui facilmente esquecer onde estava, como era meu costume, quando, de repente, me vi na barreira da cidade. Num instante, fiquei alegre, e atravessei a cancela, caminhei em meio a campos semeados e prados, não experimentei cansaço, mas senti apenas, com toda a minha compleição, que uma espécie de fardo era tirado de minha alma. Todos os transeuntes olhavam para mim de modo tão afável, que era mesmo como se quase me cumprimentassem; todos estavam muito contentes com alguma coisa, todos fumavam charutos, do primeiro ao último. E eu também fiquei contente, como nunca acontecera comigo. Era como se, de repente, eu me visse na Itália, tão forte foi o impacto da natureza em mim, um adoentado habitante da cidade que quase morrera asfixiado entre suas paredes.

Há algo indizivelmente tocante em nossa natureza petersburguesa, quando ela, com a chegada da primavera, de repente manifesta todo o seu vigor, todas as forças que lhe foram concedidas pelo céu, e recobre-se, orna-se, multicolore-se em flores... De maneira quase involuntária, ela me lembra aquela moça, franzina e enfermiça, para a qual você olha às vezes com pena, às vezes com certo amor compassivo, às vezes ainda só não a nota, mas que, de repente, num instante, como que por acaso, torna-se indizível e admiravelmente bela, e você, estupefato, extasiado, pergunta a si mesmo, de maneira involuntária: que força fez reluzir com tamanho fogo esses olhos tristes, pensativos? o que trouxe o sangue a essas bochechas pálidas, emagrecidas? o que cingiu de paixão os meigos traços desse rosto? o que fez elevar-se tanto esse peito? o que foi que trouxe, de modo tão repentino, a força, a vida e a beleza ao rosto da pobre moça, que o fez reluzir com tal sorriso, que o fez reavivar-se num riso tão cintilante, tão faiscante? Você olha ao redor, procura por alguém, tenta adivinhar... Mas o instante passa, e talvez você encontre de novo, já no dia seguinte, o mesmo olhar pensativo e disperso de antes, o mesmo rosto pálido, a mesma resignação e timidez dos movimentos, e até arrependimento, até traços de certa angústia opressora e de aborrecimento pelo entusiasmo momentâneo... E você sente pena por aquela beleza instantânea ter murchado tão depressa, de modo tão irrecuperável, por ela ter cintilado tão ilusória e inútil diante de você, sente pena pelo fato de que nem teve tempo de amá-la...

Mas ainda assim minha noite foi melhor que o dia! Eis como foi:

Cheguei de volta à cidade muito tarde, e já haviam batido as dez horas quando comecei a me aproximar do apartamento. Meu caminho ia pela margem do canal, onde, a essa hora, não se encontra uma só alma. De fato, moro na parte mais afastada da cidade. Ia caminhando e cantando, porque, quando estou feliz, obrigatoriamente cantarolo alguma coisa comigo mesmo, como qualquer pessoa feliz que não tem nem amigos, nem conhecidos, e que, nos momentos alegres, não tem com quem compartilhar sua alegria. De repente, me aconteceu a mais inesperada aventura.

Num ladinho, recostada ao parapeito do canal, estava uma mulher; com os cotovelos apoiados na grade, ela aparentemente olhava com muita atenção para as águas turvas do canal. Usava um chapéu amarelo dos mais encantadores e uma vistosa mantilhazinha preta. "É uma moça, e com certeza morena", pensei. Ela pareceu não ouvir meus passos, nem se moveu quando eu passei por ela contendo a respiração e com o coração batendo forte. "Estranho!", pensei, "decerto ela está muito concentrada em algum pensamento", e de repente parei, como que petrificado. Pude ouvir um pranto abafado. Sim! eu não havia me enganado: a moça chorava, e, um minuto depois, mais e mais soluços. Meu Deus! Fiquei com o coração apertado. E, por mais tímido que eu seja com as mulheres, num momento daqueles!... Voltei, caminhei em direção a ela e certamente teria proferido: "Senhora!", se ao menos não soubesse que essa exclamação já fora proferida mil vezes em todos os romances russos da alta sociedade. Foi a única coisa que me deteve. Mas, enquanto eu buscava a palavra, a moça voltou a si, olhou ao redor, recobrou-se, baixou os olhos e passou deslizando por mim ao longo da margem. Imediatamente fui atrás dela, mas ela percebeu, deixou a margem, atravessou a rua e começou a andar pela calçada. Não ousei atravessar. Meu coração palpitava como o de um passarinho capturado. De repente, um acaso veio ao meu auxílio.

Do outro lado da calçada, não muito longe de minha desconhecida, apareceu de repente um senhor de casaca, de idade respeitável, mas não se pode dizer que de andar respeitável. Ele ia cambaleando e apoiando-se cuidadosamente na parede. A moça, por sua vez, caminhava como se fosse uma flecha, com ar apressado e tímido, como em geral andam todas as moças que não querem que alguém se ofereça para acompanhá-las até a casa de noite, e é claro que o senhor oscilante não a teria alcançado de modo algum se meu destino não o tivesse convencido a buscar meios artificiais. De repente, sem dizer uma palavra a ninguém, aquele senhor saiu às pressas de onde estava e voou a toda pressa, correndo, tentando alcançar a minha desconhecida. Ela ia como o vento, mas o balouçante senhor ia alcançando, alcançou, a moça deu um grito e... eu abençoo o destino pelo magnífico pedaço de madeira nodosa que calhou de estar na minha mão direita naquele momento. No mesmo instante eu me vi do outro lado da calçada, no mesmo instante o senhor impertinente percebeu o que se passava, pesou o irrefutável argumento, calou-se, ficou para trás e, só quando já estávamos muito longe, protestou contra mim em termos bastante enérgicos. Mas as palavras dele mal chegaram até nós.

— Dê-me sua mão — disse eu à minha desconhecida —, e ele não ousará mais nos importunar.

Em silêncio, ela me deu a mão, que ainda tremia com a inquietação e com o susto. Ah, senhor impertinente! como eu o abençoei naquele momento! Olhei rapidamente para ela: era muito encantadora e morena — eu havia adivinhado; em seus negros cílios, ainda brilhavam umas lagrimazinhas do susto recente ou do pesar anterior — isso eu não sei. Mas, nos lábios, já reluzia um sorriso. Ela também olhou para mim furtivamente, enrubesceu de leve e baixou o olhar.

— Está vendo, por que a senhora me repeliu antes? Se eu estivesse aqui, nada teria acontecido...

— Mas eu não conhecia o senhor: pensei que o senhor também...

— E por acaso agora a senhora me conhece?

— Um pouquinho. Por exemplo, por que é que o senhor está tremendo?

— Ah, a senhora adivinhou logo de cara! — respondi, em êxtase por minha moça ser inteligente: quando há beleza, isso nunca atrapalha. — Sim, a senhora adivinhou à primeira vista com quem está tratando. Realmente, sou tímido com as mulheres, estou agitado, não discuto, não menos do que a senhora estava um minuto atrás, quando aquele senhor a assustou... Estou um tanto assustado agora. É como um sonho, mas nem em sonho eu imaginaria que em algum momento conversaria com uma mulher.

— Como? será possível?...

— Sim, se minha mão treme, é porque nunca tinha segurado uma mãozinha tão bonita e pequena como a sua. Estou completamente desacostumado das mulheres; quer dizer, nunca me acostumei a elas; é que sou sozinho... Nem sei como falar com elas. Agora mesmo não sei, por acaso disse alguma bobagem para a senhora? Diga com franqueza; vou lhe avisando que não sou melindroso...

— Não, não foi nada, não foi nada; pelo contrário. E, já que o senhor exigiu que eu fosse honesta, devo lhe dizer que as mulheres gostam dessa timidez; e, se quer saber mais, eu também gosto dela e não hei de repelir o senhor de perto de mim até chegar em casa.

— A senhora faz — comecei, ofegante de êxtase — com que eu deixe imediatamente de ser tímido, e aí adeus a todos os meus recursos!...

— Recursos? Que recursos, para quê? Isso já é mau.

— Perdão, não farei mais, deixei escapar; mas como é que a senhora quer que, num momento como este, não exista o desejo de...

— De agradar, por acaso?

— Pois é; mas, em nome de Deus, tenha a bondade, tenha. Imagine só quem eu sou! Afinal, já tenho vinte e seis anos, e nunca achei ninguém. Como é que eu poderia falar bem, de maneira desenvolta e pertinente? Para a senhora, será mais proveitoso quando tudo estiver revelado, à vista... Não sei ficar quieto quando o coração fala dentro de mim. Ora, mas tanto faz... A senhora acreditará? Nenhuma mulher, nunca, nunca! Nenhuma relação! e todo dia só sonho com o momento em que finalmente hei de encontrar alguém. Ah, se a senhora soubesse quantas vezes estive apaixonado dessa maneira!...

— Mas como, por quem?

— Por ninguém, por um ideal, por aquela com quem eu sonho. Nos sonhos, crio verdadeiros romances. Oh, a senhora não me conhece! É verdade, não posso deixar de dizer que encontrei duas ou três mulheres, mas que mulheres elas eram? só umas donas que... Mas eu farei a senhora rir, vou lhe contar que, algumas vezes, pensei em começar a falar, assim, sem cerimônia, com alguma aristocrata na rua, quando ela estivesse sozinha, é claro; começar a falar com ar tímido, evidentemente, respeitoso, apaixonado; dizer que estava morrendo sozinho, para que ela não me repelisse, que não tinha meios de conhecer qualquer mulher que fosse; convencê-la de que até faz parte das obrigações de uma mulher não rejeitar a tímida súplica de um homem infeliz como eu. Finalmente, que tudo que eu exigia resumia-se somente a me dizer duas palavras fraternais que fossem, com interesse, não me repelir no primeiro passo, acreditar na minha palavra, ouvir o que tinha a dizer, rir de mim, se assim quisesse, infundir em mim esperança, dizer-me duas palavras, só duas palavras, depois podíamos nunca mais nos encontrar!... Mas a senhora está rindo... Aliás, é para isso mesmo que estou falando...

— Não se aborreça; estou rindo do fato de que o senhor é seu próprio inimigo e, se tentasse, talvez até conseguisse, mesmo que fosse na rua; quanto mais simples, melhor... Nenhuma boa mulher, se não fosse estúpida ou não estivesse particularmente irritada com alguma coisa naquele momento, resolveria dispensá-lo sem essas duas palavras que o senhor implora com tanta timidez... Aliás, que estou dizendo?! é claro que tomaria o senhor por louco. É que estava julgando por mim mesma. É que sei bem como vivem as pessoas no mundo!

— Oh, eu lhe agradeço — pus-me a gritar —, a senhora não sabe o que acaba de fazer por mim!

— Que bom, que bom! Mas diga-me, por que o senhor soube que eu era a espécie de mulher com quem... bem, que o senhor considerou digna... de atenção e de amizade... resumindo, não uma dona, como o senhor chamou. Por que decidiu se aproximar de mim?

— Por quê? por quê? Ora, a senhora estava sozinha, aquele senhor foi ousado demais, agora é noite: a senhora mesma há de concordar que era uma obrigação...

— Não, não, antes, ainda, lá, do outro lado. Afinal, o senhor queria se aproximar de mim, não?

— Lá, do outro lado? Mas juro que não sei como responder; tenho medo de... Sabe, hoje eu estava feliz; ia caminhando, cantando; estive fora da cidade; momentos tão felizes assim ainda nunca tinham acontecido comigo. A senhora... talvez tenha me parecido... Bem, peço perdão por relembrar: me pareceu que a senhora estava chorando, e eu... não pude ouvir aquilo... fiquei com o coração apertado... Ah, meu Deus! Ora, mas por acaso não poderia me angustiar pela senhora? Por acaso foi um pecado sentir uma compaixão fraternal pela senhora?... Desculpe, eu disse compaixão. Mas, enfim, resumindo, por acaso eu poderia ofendê-la pelo fato de que involuntariamente me ocorreu me aproximar da senhora?...

— Deixe disso, basta, não fale... — disse a moça, baixando os olhos e apertando minha mão. — Eu mesma sou culpada por ter começado a falar disso; porém fico contente por não ter me enganado a seu respeito... mas, já estou em casa; preciso ir por aqui, pela travessa; é a dois passos daqui... Adeus, eu lhe agradeço...

— Então será possível, será possível que nunca mais haveremos de nos encontrar? Será possível que ficará por isso mesmo?

— Está vendo — disse a moça, rindo —, primeiro o senhor queria só duas palavras, e agora... Mas, por outro lado, não vou lhe dizer nada... Pode ser que nos encontremos...

— Virei aqui amanhã — disse eu. — Ah, me perdoe, já estou exigindo...

— Sim, o senhor é impaciente... está quase exigindo...

— Escute, escute! — eu a cortei. — Perdão por lhe dizer outra vez algo do tipo... Mas é o seguinte: não posso deixar de vir aqui amanhã. Sou um sonhador; tenho tão pouca vida real, é tão raro contar com minutos como este, como agora, que não posso deixar de repetir esses momentos em sonhos. Hei de sonhar com a senhora a noite toda, a semana toda, o ano todo. Virei para cá amanhã sem falta, precisamente para cá, para este lugar, precisamente nesta hora, e serei feliz ao recordar o que se passou no dia anterior. Pois este lugar me é querido. Tenho dois ou três lugares assim em Petersburgo. Uma vez até chorei por recordações, como a senhora... Vai saber, talvez a senhora também estivesse chorando, dez minutos atrás, por recordações... Mas me perdoe, outra vez me distraí; talvez em algum momento a senhora tenha sido particularmente feliz aqui...

— Tudo bem — disse a moça —, talvez eu venha aqui amanhã, também às dez horas. Estou vendo que não posso mais impedi-lo... O que acontece é o seguinte, preciso estar aqui; não pense que marquei um encontro com o senhor; estou lhe advertindo, preciso estar aqui por mim mesma. Mas também... bem, eu lhe digo com franqueza: tudo bem se o senhor também vier; em primeiro lugar, podem acontecer outros aborrecimentos como o de hoje, mas isso à parte... resumindo, eu simplesmente gostaria de ver o senhor... para lhe dizer duas palavras. Só que, veja, não haverá de me julgar agora? não pense que marco encontros com tanta facilidade... Eu até marcaria se... Mas que esse seja o meu segredo! Só que primeiro um acordo...

— Um acordo! fale, diga, diga tudo de antemão; concordo com tudo, estou disposto a tudo — exclamei, em êxtase —, respondo por mim: serei obediente, respeitoso... a senhora me conhece...

— Justamente por conhecê-lo é que o convido a vir amanhã — disse a moça, rindo. — Eu o conheço perfeitamente bem. Mas veja, venha com uma condição; em primeiro lugar (só faça a bondade de cumprir o que estou pedindo — está vendo? falo com sinceridade), não se apaixone por mim... Isso não pode, eu lhe asseguro. A uma amizade estou disposta, aqui está minha mão... Mas não pode se apaixonar, eu lhe peço!

— Eu juro à senhora — gritei, agarrando-lhe a mão.

— Chega, não jure, eu sei que o senhor é capaz de inflamar-se como pólvora. Não me julgue por falar assim. Se o senhor soubesse... Também não tenho ninguém com quem possa trocar uma palavra, a quem possa pedir um conselho.

É claro que não é na rua que se encontram conselheiros, o senhor é uma exceção. Eu o conheço como se já fôssemos amigos há vinte anos... O senhor não vai me trair, não é verdade?...

— A senhora verá... só não sei como é que eu haverei de sobreviver um dia inteiro.

— Durma muito bem; boa noite — e lembre-se de que eu já me confiei ao senhor. Mas o senhor exclamou tão bem agora há pouco: será que tem que dar conta de cada sentimento, até da compaixão fraternal?! Sabe, isso foi dito tão bem, que no mesmo instante me veio o pensamento de me confiar ao senhor...

— Por Deus, mas em quê? o quê?

— Até amanhã. Que seja segredo por enquanto. É até melhor para o senhor; ao menos de longe será parecido com um romance. Talvez eu lhe diga amanhã mesmo, talvez, não... Antes ainda vou conversar um pouco com o senhor, vamos nos conhecer melhor...

— Oh, mas amanhã mesmo hei de lhe contar tudo sobre mim! Mas o que é isso? é como se um milagre se operasse comigo... Onde estou, Deus meu? Ora, diga, por acaso a senhora ficou insatisfeita por não ter se irritado, como outra teria feito, por não ter me repelido logo no início? Dois minutos, e a senhora já me fez feliz pelo resto da vida. Sim! feliz; quem sabe, talvez a senhora tenha me reconciliado comigo mesmo, tenha resolvido as minhas dúvidas... Talvez eu seja acometido por tais momentos... Bem, mas vou lhe contar tudo amanhã, a senhora saberá de tudo, tudo...

— Tudo bem, combinado; o senhor começa...

— De acordo.

— Até a vista!

— Até a vista!

E nós nos despedimos. Caminhei a noite toda; não conseguia tomar a decisão de voltar para casa. Estava tão feliz... até amanhã!

— Bem, então sobreviveu! — ela me disse, rindo e apertando ambas as minhas mãos.

— Já estou aqui há duas horas; a senhora não sabe o que foi de mim o dia inteiro!

— Sei, sei... mas vamos ao que interessa. Sabe por que razão eu vim? Não foi para falar bobagens, como ontem. Foi pelo seguinte: daqui para a frente, precisamos agir de maneira mais sensata. Ontem fiquei um bom tempo pensando nisso tudo.

— Mas em quê, ser mais sensatos em quê? Da minha parte, estou disposto; mas juro que, em minha vida, não aconteceu nada mais sensato do que agora.

— É mesmo? Em primeiro lugar, peço-lhe que não aperte assim as minhas mãos; em segundo lugar, declaro que hoje fiquei muito tempo refletindo a respeito do senhor.

— Bem, e em que isso deu?

— Em que deu? Deu que é necessário começar tudo outra vez, porque, na conclusão de tudo, decidi hoje que o senhor ainda não me é totalmente conhecido, que agi ontem como uma criança, como uma menina, e é claro que no fim das contas o culpado de tudo é meu coração bondoso, quer dizer, eu louvei a mim mesma, que é como sempre termina quando começamos a interpretar as nossas coisas. E, por isso, para corrigir o erro, decidi me informar a respeito do senhor da maneira mais detalhada possível. Mas, como não tenho com quem me informar a respeito do senhor, é o senhor mesmo que deve me contar tudo, todos os podres. Pois então, que tipo de pessoa é o senhor? Depressa – comece, conte a sua história.

— História! – gritei, assustado. – História! Mas quem foi que lhe disse que eu tenho a minha história? não tenho uma história...

— Então como é que o senhor viveu, se não tem uma história? – ela me interrompeu, rindo.

— Completamente sem qualquer história! ora, vivi, como costumamos dizer, por conta própria, quer dizer, plenamente sozinho – sozinho, sozinho por completo – entende o que é ser sozinho?

— Como assim, sozinho? Quer dizer, o senhor nunca viu ninguém?

— Ah, não, ver, eu vejo – mas, mesmo assim, sou sozinho.

— Mas então o quê, o senhor, por acaso, não conversa com ninguém?

— No sentido estrito, com ninguém.

— Mas quem é o senhor, afinal, explique-se! Espere, vou tentar adivinhar: o senhor na certa tem uma avó, como eu. Ela é cega e já faz quase uma vida inteira que não me deixa ir a lugar nenhum, tanto que eu quase desaprendi totalmente a falar. E, quando eu aprontei uns dois anos atrás, e ela viu que não conseguiria me impedir, pegou e me chamou, aí pregou o meu vestido no dela com um alfinete – e desde então nós ficamos assim sentadas dias inteiros; ela, tricotando uma meia, embora seja cega; e eu, sentada do lado dela, costurando ou lendo um livro para ela em voz alta — é um costume tão estranho que já faz dois anos que estou pregada...

— Ai, meu Deus, que infelicidade! Mas que nada, não tenho uma avó como essa.

— Ora, mas se não tem, como é que pode ficar em casa?...

— Escute, quer saber o que é que eu sou?

— Ora, sim, sim!

— No sentido estrito da palavra?

— No sentido mais estrito da palavra!

— Pois não, eu sou um tipo.

— Um tipo, um tipo? Que tipo? — gritou a moça, gargalhando como se tivesse ficado sem rir por um ano inteiro. — Mas é muito divertido falar com o senhor! Veja só: tem um banco aqui; vamos nos sentar! Aqui não passa ninguém, ninguém vai nos ouvir, e comece afinal a sua história! porque o senhor não vai me convencer, o senhor tem uma história, está só escondendo. Em primeiro lugar, o que é isso de um tipo?

— Um tipo? Um tipo é alguém original, é uma pessoa risível! — respondi, gargalhando, por minha vez, para acompanhar o riso infantil dela. — É um caráter desses. Escute: a senhora sabe o que é um sonhador?

— Um sonhador? com sua licença, como não saber? eu mesma sou uma sonhadora! Por vezes fico sentada ao lado da minha avó, e o que é que não me vem à cabeça?

Bom, aí você começa a sonhar, e até se perde nos pensamentos – aí eu acabo me casando com um príncipe chinês... Mas também, de vez em quando, é bom sonhar! Não, aliás, sabe Deus! Especialmente se já tem muito em que pensar – acrescentou a moça, dessa vez em tom bastante sério.

– Magnífico! Portanto, se uma vez a senhora se casou com um imperador chinês, quer dizer que há de me compreender perfeitamente. Bem, escute... Mas permita-me: é que eu ainda não sei como a senhora se chama.

– Finalmente! lembrou-se disso cedo!

– Ai, meu Deus! é que nem me veio à cabeça, estava me sentindo tão bem...

– Meu nome é Nástienka.[7]

– Nástienka! só?

– Só! e por acaso é pouco para o senhor? como é insaciável!

– Pouco? É muito, muito, pelo contrário, é muito, mesmo, Nástienka, que moça boazinha a senhora é se logo na primeira vez já se tornou Nástienka para mim!

– Pois é! Então!

– Mas então, Nástienka, escute só a história risível que vem por aí.

Sentei-me ao lado dela, assumi uma pose pedante e séria e comecei, como se estivesse lendo:

---

7 Diminutivo de Anastassia ou Nastássia, usado quando há alguma intimidade entre os interlocutores.

— Existem, Nástienka, se é que a senhora não sabe, existem em Petersburgo uns cantinhos bastante estranhos. Nesses lugares, é como se fosse visível um sol que não é o mesmo que brilha para todas as pessoas petersburguesas, mas como se fosse outro, novo, como que encomendado especialmente para esses cantos, e brilhasse sobre tudo com uma luz diferente, particular. Nesses cantos, querida Nástienka, enfrenta-se uma vida como que totalmente diversa, em nada parecida com aquela que efervesce ao nosso redor, e sim de um tipo que pode existir num reino desconhecido no fim do mundo, mas não aqui, em nossa época séria, seriíssima. E é essa vida que é uma mistura de algo em essência fantástico, ardentemente ideal e, ao mesmo tempo (por azar, Nástienka!), inexpressivo e prosaico, costumeiro, para não dizer vulgar ao extremo.

— Arre! Meu Deus do céu! que preâmbulo! O que é isso que estou prestes a ouvir?

— Está prestes a ouvir, Nástienka (tenho a impressão de que nunca deixarei de chamá-la de Nástienka), está prestes a ouvir que, nesses cantos, residem pessoas estranhas — sonhadores. Um sonhador — se é que é necessária uma descrição detalhada — não é um ser humano, e sim uma criatura de um gênero neutro, sabe? Ele se aloja, na maior parte das vezes, em algum canto inacessível, como que se esconde nele até da luz do dia e, se ele se enfurna ali, aí se gruda ao seu canto, como um caracol, ou pelo menos é muito parecido, nesse sentido, com aquele interessante animal que é ao mesmo tempo animal e casa, que se chama tartaruga.

O que a senhora acha, por que razão ele ama tanto as suas quatro paredes, pintadas com a infalível tinta verde, cheias de fuligem, tristonhas e intoleravelmente defumadas? Por que é que esse senhor risível, quando algum de seus raros conhecidos vem visitá-lo (e, no fim das contas, todos os seus conhecidos somem), por que é que esse senhor risível o recebe tão desconcertado, com o rosto tão transformado e com tanta perturbação, que é como se ele tivesse acabado de cometer um crime dentro de suas quatro paredes, como se tivesse fabricado notas falsas ou algum poeminha para ser enviado a uma revista com uma carta anônima, na qual se revela que o verdadeiro poeta morreu e que seu amigo considera um dever sagrado publicar seus versos? Diga-me, Nástienka, por que razão a conversa entre esses dois interlocutores não vinga? por que razão nem riso, nem uma palavrinha espirituosa escapa dos lábios do perplexo amigo que entra de súbito, que, em outras situações, gosta muito do riso, e também de palavrinhas espirituosas, e de conversas sobre o belo sexo, e de outros temas divertidos? Por fim, por que é que esse amigo, decerto um conhecido recente, e logo na primeira visita — porque uma segunda, nesse caso, já não vai acontecer, e o amigo não virá outra vez —, por que é que o próprio amigo fica tão desnorteado, tão entorpecido, com toda a sua graça de espírito (se é que ele a tem), ao olhar para o rosto derrubado do anfitrião, que, por sua vez, já teve tempo de confundir-se e de perder totalmente as estribeiras, depois de gigantescos porém frustrados esforços de amainar e colorir a conversa, de mostrar seus próprios conhecimentos da sociedade, de também falar do belo sexo e de, ao menos com aquela submissão, agradar o pobre homem, que foi parar no lugar errado e que veio visitá-lo por equívoco? Por fim, por que é que o visitante agarra de repente o chapéu e vai embora depressa, depois de lembrar-se subitamente de um assunto urgentíssimo, que nunca havia existido, e com dificuldade livra sua mão dos apertos acalorados do anfitrião, que tenta de todas as maneiras mostrar seu arrependimento e corrigir o que já foi perdido? Por que é que o amigo que está de saída gargalha, ao passar pela porta, e naquele instante jura a si mesmo que nunca mais virá visitar aquele sujeito esquisito, embora aquele sujeito esquisito seja, em essência, um rapaz dos mais magníficos, e ao mesmo tempo não consegue de jeito nenhum negar à sua imaginação um pequeno capricho: comparar, ainda que de maneira distante, a fisionomia de seu interlocutor de agora há pouco, durante todo o tempo do encontro, com o aspecto daquele infeliz gatinho que foi amassado, amedrontado e ofendido de todas as maneiras por umas crianças, que o aprisionaram perfidamente, que o deixaram desnorteado a não mais poder, até que finalmente se escondeu delas debaixo de uma cadeira, no escuro, e ali, durante uma hora inteira, foi obrigado a eriçar-se, a fungar e a lavar com ambas as patas seu focinho ofendido e, por muito tempo depois disso, encarar com hostilidade a natureza, e a vida, e até o pedaço de comida da refeição senhorial que lhe é trazido por uma governanta compassiva?

— Escute — interrompeu Nástienka, que, durante todo o tempo, me ouviu com ar de surpresa, abrindo os olhos e a boquinha —, escute: não sei mesmo por que razão tudo isso aconteceu e por que exatamente o senhor me apresenta essas perguntas risíveis; mas o que eu sei com segurança é que todas essas aventuras certamente aconteceram com o senhor, da primeira à última palavra.

— Sem dúvida — respondi com a mais séria das expressões.

— Bem, se não há dúvida, então prossiga — respondeu Nástienka —, porque quero muito saber como isso vai terminar.

— A senhora quer saber, Nástienka, o que nosso herói fez em seu canto, ou, melhor dizendo, o que eu fiz, porque o herói da ação toda sou eu, na minha própria e humilde pessoa; a senhora quer saber por que fiquei tão alvoroçado e perdido durante um dia inteiro por causa da visita inesperada de um amigo? A senhora quer saber por que fiquei tão sobressaltado, tão enrubescido, quando abriram a porta do meu quarto, por que eu não consegui receber um hóspede e pereci de maneira tão vergonhosa sob o peso de minha própria hospitalidade?

— Sim, claro que sim! — respondeu Nástienka. — Aí é que está a questão. Escute: o senhor está contando de maneira belíssima, mas seria possível contar de um jeito não tão belo? É que o senhor fala como se lesse um livro.

— Nástienka! — respondi com voz séria e rígida, mal contendo o riso. — Querida Nástienka, sei que conto de maneira belíssima, mas, perdão, não consigo contar de outro modo. Agora, querida Nástienka, agora sou semelhante ao espírito do rei Salomão, que ficou mil anos num cofre, debaixo de sete selos, e do qual finalmente tiraram todos esses sete selos.[8] Agora, querida Nástienka, quando nos encontramos de novo depois de uma separação tão longa — porque eu já a conhecia havia muito tempo, Nástienka, porque eu já procurava por alguém havia muito tempo, e isso é um sinal de que eu procurava precisamente pela senhora e de que estávamos predestinados a nos encontrar agora — agora, em minha cabeça, abriram-se milhares de válvulas, e eu devo me derramar com um rio de palavras, senão sufocarei. Então, peço que não me interrompa, Nástienka, mas que me escute de maneira submissa e obediente; do contrário, me calarei.

— Não, não, não! de jeito nenhum! fale! Agora não direi uma só palavra.

— Prossigo: existe no meu dia, minha amiga Nástienka, uma hora que eu amo sobremaneira. É aquela precisa hora em que se encerram quase todos os afazeres, funções e obrigações, e todos vão com pressa para suas casas, para jantar, deitar-se e descansar, e ali mesmo, no caminho, inventam outros temas divertidos que se referem ao fim do dia, à noite e a todo o restante do tempo livre. Nessa hora, também o nosso herói — porque a senhora há de me permitir, Nástienka, que eu conte na terceira pessoa, já que contar

---

8 No "Conto do pescador", presente nas *Mil e uma noites*, conta-se que Salomão prendeu um djim num cofre, cobriu-o com chumbo, colocou nele um selo mágico e jogou-o no mar. Depois de 1800 anos, um pescador apanhou por acaso o cofre e abriu-o.

tudo isso na primeira pessoa é terrivelmente vergonhoso — pois bem, nessa hora também o nosso herói, que também tem os seus afazeres, caminha junto com os demais. Mas um estranho sentimento de satisfação brinca em seu rosto pálido e como que um tanto amarfanhado. Não é com indiferença que ele olha para o crepúsculo, que se extingue devagar no frio céu petersburguês. Quando digo "olha", é mentira minha: ele não olha, e sim contempla, como que sem se dar conta, como se estivesse cansado ou ocupado, ao mesmo tempo, com algum outro objeto, mais interessante, de maneira que talvez só de passagem, quase involuntariamente, ele possa dedicar o tempo a tudo que o rodeia. Está satisfeito porque, até o dia seguinte, terminou seus *afazeres*, enfadonhos para ele, e está feliz como um menino que foi liberado do banco da sala de aula para seus adorados jogos e travessuras. Olhe para ele de soslaio, Nástienka: no mesmo instante, verá que o sentimento de alegria já provocou um efeito de felicidade nos fracos nervos dele e na fantasia, excitada de modo doentio. Agora ele foi tomado por algum pensamento... A senhora acha que é a respeito do jantar? da noite de hoje? Para que coisa ele olha desse jeito? Será para esse senhor de aparência respeitável, que de modo tão pitoresco faz uma reverência à dama que passou por ele numa suntuosa carruagem de cavalos de patas ligeiras? Não, Nástienka, que lhe importam agora todas essas ninharias?! Agora, ele já é rico com *sua própria* vida; ele ficou rico como que de repente, e não foi em vão que o raio de despedida do sol, que vai se extinguindo, cintilou tão alegremente diante dele e conclamou, do reconfortado sol, todo um enxame de sensações. Agora, ele mal percebe o caminho em que antes a menor das ninharias podia impressioná-lo. Agora, a "deusa fantasia" (se a senhora leu Jukóvski, querida Nástienka)[9] já entrelaçou, com a mão caprichosa, sua urdidura dourada e foi desenlaçar diante dele as ramagens de uma vida inaudita e extravagante — e, quem sabe, talvez o tenha transportado com sua mão caprichosa para o sétimo céu de cristal,[10] com uma magnífica calçada de granito, sobre a qual ele caminha para casa. Tente detê-lo agora, pergunte-lhe de repente: onde está agora, por quais ruas passou? — ele decerto não se lembraria de nada, nem por onde passou, nem onde está agora, e, enrubescido de aborrecimento, fatalmente diria alguma mentira para salvar a decência. Foi por isso que ele estremeceu daquele modo, quase gritou e, assustado, olhou ao redor quando uma velhinha muito respeitável parou-o com educação no meio da calçada e pôs-se a perguntar do caminho que ela perdera. Carrancudo e aborrecido, ele continua a caminhar, mal notando que mais de um transeunte sorriu ao olhar para ele e virou-se em sua direção, e que uma menininha, que lhe cedera passagem com ar amedrontado, começou a rir em voz alta depois de dar uma boa olhada no sorriso amplo e contemplativo e nos gestos

---

9 Menção ao poema "Minha deusa" (1809), de Vassíli Jukóvski (1783-1852), uma tradução livre do poema "Meine Göttin" (1780), de Goethe.

10 A imagem é tomada da obra *Do céu*, de Aristóteles, que descreve a abóbada celeste como sendo composta de sete esferas de cristal, imóveis, sobre as quais estão fixados os planetas e as estrelas.

das mãos do outro. Mas aquela mesma fantasia também arrastou, em seu voo jocoso, a velhinha, os transeuntes curiosos, a menina risonha, os mujiques que ceiam ali mesmo, em suas barcas, amontoadas no Fontanka (suponhamos que nesse momento o nosso herói passasse por ali), com ar travesso entrelaçou a tudo e a todos em sua trama, como uma mosca numa teia de aranha, e, com a nova aquisição, o sujeito esquisito já entrou em seu agradável covilzinho, já se sentou para jantar, já jantou há muito tempo e só voltou a si quando a pensativa e eternamente triste Matriona, que serve em sua casa, já tirou toda a mesa e lhe entregou o cachimbo, voltou a si e, surpreso, lembrou que já havia jantado absolutamente sem perceber como isso aconteceu. O cômodo escureceu; a alma está vazia e triste; todo o reino de sonhos ruiu ao seu redor, ruiu sem deixar vestígio, sem barulho e sem estrondo, sumiu como uma visão, e ele mesmo não se lembra com que devaneava. Mas algum sentimento obscuro, que fez seu peito doer de leve e agitar-se, algum desejo novo excita, sedutor, e provoca sua fantasia e, de maneira imperceptível, convoca todo um enxame de novos espectros. No pequeno quarto, reina o silêncio; a solidão e a preguiça acalentam a imaginação; esta se inflama de leve, de leve começa a ferver, como a água na cafeteira da velha Matriona, que, ali do lado, na cozinha, cuida com serenidade de suas tarefas, aprontando seu café de cozinheira. E aí a imaginação já vai irrompendo de leve, em rompantes, aí o livro, pego sem qualquer objetivo e ao acaso, já cai das mãos de meu sonhador, que não chegou nem à terceira página. A imaginação dele está novamente disposta, estimulada, e, de repente, outra vez um novo mundo, uma nova e fascinante vida reluz diante dele em sua perspectiva reluzente. Um novo sonho — uma nova felicidade! Uma nova dose do refinado e voluptuoso veneno! Ah, que lhe importa a nossa vida real! Em sua visão cooptada, a senhora, Nástienka, e eu vivemos de maneira preguiçosa, lenta, indolente demais; em sua visão, somos insatisfeitos demais com nosso destino, nos afligimos demais com nossa vida! E, de fato, veja como, à primeira vista, tudo entre nós é mesmo frio, lúgubre, como que irritado... "Pobrezinhos!", pensa o meu sonhador. E nem é de admirar que pense! Olhe para estes espectros mágicos que, de maneira tão fascinante, tão caprichosa, tão ilimitada e ampla formam-se diante dele num quadro tão mágico, tão animado, em que, no primeiro plano, a figura mais importante é obviamente ele mesmo, o nosso sonhador, em sua preciosa pessoa. Veja que aventuras variadas, que enxame infinito de devaneios extasiados. A senhora talvez pergunte: com que ele sonha? Para que perguntar isso? pois com tudo... com o papel de poeta, primeiro não reconhecido, mas depois coroado; com uma amizade com Hoffmann; a noite de São Bartolomeu, Diana Vernon, um papel heroico na tomada de Kazan por Ivan Vassílievitch, Clara Mowbray, Effie Deans, o Concílio dos Prelados e Huss diante deles, a rebelião dos mortos em Robert (está lembrada da música? cheira a cemitério!), Minna e Brenda, a batalha do Berezina, a leitura de um poema na casa da Condessa V. D., Danton, Cleópatra *e i suoi amanti*, uma casinha em Kolomna, o próprio cantinho e, ao lado, um ser querido, que o escuta durante a noite de inverno, abrindo a boquinha e os olhinhos, como a senhora me escuta agora, meu pequeno anjinho[11]... Não, não, Nástienka, que importa para ele, para ele, um preguiçoso voluptuoso, esta vida, que eu e a senhora tanto queremos? ele pensa que é uma vida pobre, miserável, sem adivinhar que, em algum momento, talvez também chegue a hora triste em que ele, em troca de um só dia desta vida miserável, daria todos os seus anos de fantasia, e ainda por cima não daria por alegria, por felicidade, e não desejaria escolher nessa hora de tristeza, arrependimento e pesar infindável. Mas, por enquanto, ainda não chegou esse momento temível — ele não deseja nada, porque está acima dos desejos, porque tudo está com ele, porque está saciado, porque ele mesmo é o artista de sua própria vida, e ele a cria para si, a cada hora, de acordo com um novo arbítrio. E, afinal, é com tanta facilidade, com tanta naturalidade que se gera esse mundo fabuloso, fantástico! Como se tudo isso não fosse mesmo um espectro! De fato, está disposto, em certos momentos, a crer que toda essa

---

11 Neste ponto, o narrador cita diversos nomes e acontecimentos históricos. Entre eles, estão E. T. A. Hoffmann (1776-1822), um dos maiores expoentes do Romantismo alemão e influência importante de Dostoiévski, e Georges Jacques Danton (1759-94), um dos líderes da Revolução Francesa. Há ainda menções imprecisas como à condessa Ekaterina Románovna Vorontsova-Dáchkova (1743-1810), presidente da Academia de Ciências da Rússia e amiga de diversos poetas do século 18, e ao poema "Mina" (1818), de Jukóvski, por sua vez uma tradução livre de uma das canções de Mignon, de Goethe, presentes no romance *Os anos*

vida não é uma estimulação dos sentidos, não é uma miragem, não é um engano da imaginação, e sim que é mesmo real, verdadeira, existente! Por que razão, Nástienka, diga-me, por que razão, nesses momentos, o espírito se confrange? por que razão, graças a alguma feitiçaria, por alguma espécie desconhecida de arbítrio, o pulso se acelera, as lágrimas jorram dos olhos do sonhador, ardem suas bochechas pálidas, umedecidas, e toda a sua existência enche-se de um irresistível deleite? Por que razão noites insones passam como um só instante, em inesgotável regozijo e alegria, e, quando a aurora reluz com seu raio rosado nas janelas, e o amanhecer ilumina o lúgubre quarto com sua luz duvidosa e fantástica, como aqui, em Petersburgo, o nosso sonhador, fatigado e extenuado, joga-se na cama e adormece, desfalecido pelo êxtase de seu espírito abalado de maneira doentia e com uma dor tão penosa e doce no coração? Sim, Nástienka, você se engana e, de fora, involuntariamente acredita que uma paixão verdadeira, autêntica, agita a alma dele, involuntariamente acredita que há algo vivo, palpável, naqueles deva-

---

de aprendizado de Wilhelm Meister (1795-96). Personagens de diferentes romances de Walter Scott também estão citadas: Diana Vernon, de *Rob Roy* (1817), Clara Mowbray, de *St. Ronan's Well* (1823), e Effie Deans, de *The Heart of Mid-Lothian* (1818). Entre os acontecimentos históricos, destacam-se a batalha do Bereziná, uma das últimas batalhas da campanha napoleônica de 1812, e a tomada, dos tártaros, de Kazan pelos moscovitas em 1552, após um longo cerco. Ivan Vassílievitch é Ivan IV da Rússia, também conhecido pelo epíteto de Ivan, o Terrível.

neios imateriais! Mas veja que engano — eis que, por exemplo, o amor veio-lhe ao peito, com toda a sua alegria inesgotável, com todos os seus penosos tormentos... Só olhe para ele e haverá de convencer-se! Será que, ao olhar para ele, querida Nástienka, a senhora acreditará que ele realmente nunca conheceu aquela que tanto amou em seus sonhos delirantes? Será possível que ele só a tenha visto como espectros sedutores e somente sonhado com essa paixão? Será possível que não tenham mesmo passado tantos anos de suas vidas de mãos dadas — sozinhos, os dois juntos, deixando o mundo de lado, e unindo cada um o seu mundo, a sua vida com a vida do outro? Será que não era ela que, na hora tardia, ao chegar o momento da despedida, não era ela que estava deitada, soluçando e suspirando, no peito dele, sem ouvir a tempestade que se desencadeava debaixo do céu rigoroso, sem ouvir o vento que arrancava e levava embora as lágrimas de seus negros cílios? Será possível que tudo aquilo tenha sido um sonho — mesmo aquele jardim, melancólico, abandonado e rústico, com sendas cobertas de musgo, isolado, lúgubre, onde os dois caminhavam com tanta frequência, esperançosos, e suspiravam, amavam, amavam-se tão longamente, "tão longa e ternamente"?![12] E aquela estranha casa de seus bisavós, na qual ela vivera por tanto tempo, isolada e triste, com o velho e lúgubre marido, eternamente calado

---

12 Referência ao poema "Eles se amaram um ao outro tão longa e ternamente" (1841), de Mikhail Liérmontov, por sua vez uma tradução livre de um dos poemas do *Livro das Canções* de Heinrich Heine.

e colérico, que assustava os dois, tímidos que eram, como crianças, e que, de maneira melancólica e temerosa, ocultavam um do outro o seu amor? Como se torturaram, como temeram, como era inocente e puro seu amor e (mas isso é evidente, Nástienka) como as pessoas são más! E, meu Deus, será possível que não tenha sido ela quem ele encontrou depois, longe das margens de sua pátria, debaixo de um céu estranho, meridional, cálido, na maravilhosa cidade eterna, no esplendor de um baile, sob o estrondo da música, num *palazzo* (certamente num *palazzo*) mergulhado num mar de luzes, naquela varanda coberta de mirtos e rosas, onde ela, ao reconhecê-lo, tirou com tanta pressa sua máscara e, depois de sussurrar: "Estou livre", estremecendo, lançou-se em direção ao seu abraço, e eles, dando gritos de êxtase, estreitando-se um ao outro, esqueceram no mesmo instante não só o infortúnio, mas também a separação, todos os tormentos, a casa lúgubre, o velho, o jardim sombrio na pátria distante, o banco onde, com um último beijo apaixonado, ela se desprendera de seus abraços, entorpecidos pelo suplício desesperado?... Oh, a senhora há de convir, Nástienka, que é para ficar sobressaltado, desorientado e enrubescido, como um menino de escola que acabou de meter no bolso uma maçã roubada do jardim do vizinho, quando um rapaz qualquer, comprido e robusto, brincalhão e galhofeiro, seu amigo que não foi convidado, abre a porta e berra, como se nada tivesse acontecido: "Estou chegando agora mesmo de Pávlovsk, meu caro!". Meu Deus! o velho conde morreu, uma felicidade indizível está para começar — e aí as pessoas chegam de Pávlovsk!

Calei-me de maneira patética ao terminar minhas exclamações patéticas. Lembro que estava com uma vontade tremenda de conseguir rir, porque já sentia que, dentro de mim, um diabinho hostil começara a se remexer, que já me surgia um nó na garganta, que meu queixo começava a sacudir e que meus olhos ficavam cada vez mais úmidos... Eu esperava que Nástienka, que me ouvira com seus olhinhos inteligentes bem abertos, gargalharia com seu riso infantil, incontido e alegre, e já me arrependia de ter ido tão longe, de ter contado à toa aquilo que havia tanto tempo se acumulara em meu coração, de que podia falar como se estivesse lendo, porque há muito tempo havia preparado a sentença contra mim mesmo, e agora não podia me conter para lê-la, para me confessar, sem esperar que me entendessem; mas, para minha surpresa, ela se calou, um pouco depois apertou de leve minha mão e, com um ar tímido de interesse, perguntou:

— Será possível que o senhor viveu assim mesmo toda a sua vida?

— Toda a minha vida, Nástienka — respondi —, toda a minha vida, e pelo visto também assim terminarei!

— Não, isso é impossível — disse ela, com ar inquieto —, isso não acontecerá; talvez eu é que vá viver desse jeito a vida toda ao lado da minha avó. Escute, o senhor sabe que não é nada bom viver assim?

— Sei, Nástienka, sei! — exclamei, sem conseguir conter mais meus sentimentos. — Agora mesmo sei, melhor que em qualquer outro momento, que perdi à toa todos os meus melhores anos! Agora sei disso, e sinto mais dor pela consciência disso, porque o próprio Deus me enviou a senhora, meu anjo bondoso, para me dizer isso e provar para mim. Agora, sentado ao seu lado e conversando com a senhora, tenho até medo de pensar no futuro, porque no futuro será de novo a solidão, será de novo aquela vida estagnada, desnecessária; e com que haverei de sonhar, uma vez que, acordado, já fui tão feliz ao lado da senhora?! Oh, abençoada seja a senhora, querida moça, por não ter me repelido logo na primeira vez, por eu já poder falar que vivi ao menos duas noites em minha vida!

— Ah, não, não! — gritou Nástienka, e pequenas lágrimas reluziram em seus olhos. — Não, não será mais assim; não haveremos de nos separar assim! Que são duas noites?!

— Ah, Nástienka, Nástienka! a senhora sabe por quanto tempo me reconciliou comigo mesmo? sabe que, agora, não pensarei mais tão mal de mim como pensava em certos momentos? A senhora sabe que eu talvez não vá mais me angustiar por ter cometido um crime e um pecado, já que uma vida como essa é um crime e um pecado? E nem pense que de algum modo estou exagerando para a senhora, em nome de Deus, não pense isso, Nástienka, porque às vezes sou acometido por momentos de tanta angústia, de tanta angústia... Porque, nesses momentos, já começo a ter a impressão de que nunca serei capaz de começar a viver uma vida verdadeira; porque fica parecendo que perdi todo o tino, toda a intuição do verdadeiro, do real; finalmente, porque amaldiçoei a mim mesmo; porque, depois das minhas noites fantásticas, sou acometido por momentos de lucidez, que são horríveis! Enquanto isso, dá para ouvir ao seu redor a multidão humana retumbar e rodopiar num turbilhão de vida, dá para ouvir, dá para ver as pessoas viverem — elas vivem acordadas, dá para ver que a vida para elas não é vedada, que a vida delas não se dissipará como um sonho, como uma visão, que a vida delas se renova eternamente, é eternamente jovem, e nenhuma de suas horas é parecida com a outra, enquanto a fantasia medrosa é melancólica e monótona ao ponto da vulgaridade, é escrava da sombra, da ideia, é escrava da primeira nuvem que de repente encobrir o sol e oprimir com angústia o verdadeiro coração petersburguês, que tanto preza seu sol — e que fantasia há em meio à angústia?! Dá para sentir que ela finalmente se cansará, se esgotará em eterna tensão, essa fantasia *inesgotável*, porque você está amadurecendo, afinal, está suplantando seus ideais de antes: eles estão se reduzindo a poeira, a fragmentos; se não há outra vida, é preciso construí-la a partir desses próprios fragmentos. E, entretanto, a alma pede e quer alguma outra coisa! E em vão o sonhador revira seus antigos sonhos, como se fossem cinzas, buscando nelas alguma faiscazinha que seja, para assoprar nela, para aquecer, com esse fogo renovado, o coração enregelado, e fazer com que novamente renasça nele tudo que antes era tão querido, que tocava a alma, que fazia ferver o sangue, que arrancava lágrimas dos olhos e que enganava de maneira tão luxuriante! Sabe, Nástienka, a que ponto cheguei? sabe que já fui obrigado a comemorar o aniversário das minhas sensações, o aniversário daquilo que antes havia sido tão querido, que, em essência, nunca tinha existido — porque esse aniversário se comemora sempre de acordo com os mesmos sonhos estúpidos e imateriais — e fazer isso porque esses sonhos estúpidos também não existem, uma vez que não há com que suplantá-los: os sonhos, afinal, também são suplantados! Por acaso sabe que agora eu adoro recordar e visitar, em determinado período, os lugares em que fui feliz outrora, à minha maneira, adoro construir meu presente em harmonia com um passado já irrecuperável e perambulo com frequência como uma sombra, sem necessidade e sem objetivo, com ar melancólico e triste, pelas vielas e ruas de Petersburgo? E que recordações! Recordo, por exemplo, que bem aqui, exatamente um ano atrás, exatamente nessa época, nessa hora, por essa mesma calçada, eu perambulava do mesmo jeito solitário, do mesmo jeito melancólico de agora! E aí você lembra que, naquela época, os sonhos também eram tristes, e que, embora antes não fosse melhor, você se sentia como se fosse mais leve, como se fosse mais tranquilo viver, como que não existia esse pensamento sombrio que agora se prendeu em mim; que não existiam esses remorsos, remorsos tenebrosos, lúgubres, que agora não dão sossego nem de dia, nem de noite. E você se pergunta: onde é que estão os seus sonhos? aí você balança a cabeça e diz: como os anos passam depressa! E outra vez se pergunta: o que foi que você fez com os seus anos? onde você enterrou sua melhor época? Você viveu ou não viveu? Olhe, você diz a si mesmo, olhe como o mundo está ficando frio. Mais anos hão de se passar, e com eles virá uma solidão lúgubre, virá a velhice trêmula com sua bengala, e, com elas, a angústia e o desalento. Seu mundo fantástico empalidecerá, seus sonhos hão de desaparecer, de definhar, e eles se desprenderão, como as folhas amarelas de uma árvore... Oh, Nástienka! será triste, afinal, ficar sozinho, totalmente sozinho, e não ter nem o que lamentar — nada, rigorosamente nada... porque tudo que você perdeu, tudo aquilo, era tudo nada, era uma estúpida e perfeita nulidade, não era nada mais que um sonho!

— Ora, não me deixe com mais pena! — falou Nástienka, enxugando uma lágrima que rolara de seus olhos. — Agora acabou! Agora seremos nós dois; agora, aconteça o que acontecer comigo, nunca haveremos de nos separar. Escute. Sou uma moça simples, de pouco estudo, embora minha avó tenha contratado um professor para mim; mas juro que o entendo, porque tudo que o senhor acabou de me relatar eu mesma vivi, quando minha avó me pregou pelo vestido. É claro que eu não contaria tão bem quanto o senhor contou, tenho pouco estudo — acrescentou, tímida, porque ainda sentia algum respeito por meu discurso patético e por meu estilo elevado —, mas fico muito contente que o senhor tenha se aberto por completo para mim. Agora eu o conheço, plenamente, conheço-o por inteiro. E sabe o que mais? também quero lhe contar minha história inteira, sem esconder nada, e depois disso o senhor me dará um conselho. O senhor é um homem muito sensato; promete que vai me dar esse conselho?

— Ah, Nástienka — respondi —, embora eu nunca tenha sido um conselheiro, muito menos um conselheiro sensato, agora vejo que, se formos viver assim sempre, isso será algo muito sensato, e cada um de nós dará ao outro muitíssimos conselhos sensatos! Muito bem, Nástienka, minha belezinha, de que conselho precisa? Diga-me com franqueza; agora estou tão alegre, tão feliz, tão corajoso e sensato, que não pouparei o verbo.

— Não, não! — interrompeu Nástienka, rindo. — Não preciso só de um conselho sensato, preciso de um conselho de coração, fraternal, como se o senhor já me amasse por toda a sua vida!

— De acordo, Nástienka, de acordo! — exclamei, em êxtase. — E, se eu já a amasse há vinte anos, ainda assim não amaria com tanta força como agora!

— A sua mão! — disse Nástienka.

— Aqui está! — respondi, dando-lhe a mão.

— Pois bem, vamos começar a minha história!

— Metade da história o senhor já sabe, quer dizer, o senhor sabe que eu tenho uma velha avó...

— Se a outra metade for tão curta como essa... — interrompi, rindo.

— Fique calado e escute. Antes de mais nada, um acordo: não me interrompa, do contrário, eu talvez me perca. Bem, escute em silêncio.

Tenho uma velha avó. Fui parar na casa dela quando ainda era uma menina muito pequena, porque tanto meu pai como minha mãe morreram. Dá para imaginar que minha avó era mais rica antes, porque até agora ela se lembra de dias melhores. Foi ela mesma quem me ensinou francês e depois contratou um professor para mim. Quando eu tinha quinze anos (agora tenho dezessete), paramos com os estudos. Foi nessa época que eu aprontei; o que foi que eu fiz — isso não vou lhe contar; basta dizer que o erro não foi muito grande. Só que, um dia de manhã, minha avó me chamou ao quarto dela e disse que, uma vez que ela era cega, não podia tomar conta de mim, então pegou um alfinete e pregou o meu vestido ao dela, e na mesma hora disse que ficaríamos daquele jeito pelo resto da vida, se eu não melhorasse, é claro. Resumindo, no primeiro momento não havia como me afastar dela: tinha que trabalhar, ler, estudar — tudo ao lado da minha avó. Até tentei uma vez usar um ardil e convenci a Fiokla a ficar no meu lugar. Fiokla é a nossa empregada, ela é surda. A Fiokla ficou sentada no meu lugar; minha avó, nessa hora, tinha caído no sono na poltrona, e eu saí para a casa de uma amiga, ali perto. Bem, acabou mal. Minha avó acordou na minha ausência e perguntou alguma coisa, pensando que eu ainda estava sentada calmamente no meu lugar, quieta. A Fiokla viu que minha avó estava perguntando alguma coisa, mas não ouvia o que era; pensou, pensou o que fazer, despregou o alfinete e saiu correndo...

Nesse momento, Nástienka parou e começou a gargalhar. Eu ri junto com ela. Ela parou na mesma hora.

— Escute, o senhor não ria da minha avó. Sou eu que estou rindo, mas porque é engraçado... O que é que se pode fazer se a minha avó é assim? só que de qualquer jeito eu a amo um tantinho. Bem, mas aí sobrou para mim: na mesma hora, fui colocada de volta no meu lugar, e aí é que não dava mesmo para me mexer.

Pois bem, ainda me esqueci de lhe contar que nós temos, quer dizer, que minha avó tem uma casa própria, quer dizer, uma casinha pequena, só com três janelas, toda de madeira e tão velha quanto minha avó; e, em cima, há um mezanino; e aí um novo inquilino se mudou para o nosso mezanino...

— Então também existia um antigo inquilino? — observei, de passagem.

— Ora, é claro que existia — respondeu Nástienka —, e que sabia ficar mais calado que o senhor. É verdade, ele mal abria a boca. Era um velhote, mirrado, mudo, cego, manco, tanto que finalmente não pôde mais viver neste mundo, aí morreu; e depois foi necessário encontrar um novo inquilino, porque não tínhamos como viver sem um inquilino: isso e a pensão da minha avó são quase todas as nossas receitas. Como que de propósito, o novo inquilino era jovem, um forasteiro, estava de passagem. Como ele não regateou, minha avó o aceitou, mas depois ficou perguntando: "Então, Nástienka, nosso inquilino é ou não é jovem?". Não quis mentir: "Bem, vovó", disse, "não é lá muito jovem, mas também não é velho". "Sei, e é de boa aparência?", perguntou minha avó.

Outra vez não quis mentir. "Sim", disse, "é de boa aparência, vovó!". Aí minha avó disse: "Ai! que castigo, que castigo! Estou lhe dizendo isso, minha netinha, para você não ficar de olho comprido para ele. Que tempos são esses! você vê, um inquilino de nada como esse, mas também tem boa aparência: antigamente não era assim!".

Para a minha avó é sempre isso de antigamente! Antigamente ela era mais jovem, antigamente até o sol era mais quente, antigamente a nata não azedava tão depressa — tudo é isso de antigamente! Então fiquei ali sentada, quieta, mas pensando comigo mesma: por que é que a própria vovó colocou isso na minha cabeça, quando perguntou se o inquilino era bonito, se era jovem? Mas só isso, pensei por pensar, e na mesma hora comecei de novo a contar os laços, a costurar as meias, e depois esqueci por completo.

Então, uma vez, pela manhã, o tal inquilino veio até a nossa casa, perguntando do papel de parede com que prometeram forrar o quarto dele. Conversa vai, conversa vem e minha avó, que é tagarela, disse: "Nástienka, vá até o meu quarto, traga o ábaco". Na mesma hora eu dei um salto, ficando toda corada sem saber por quê, e até esqueci que estava pregada nela; não, em vez de despregar de mansinho, para que o inquilino não visse, saí correndo de tal maneira, que a poltrona da minha avó até se moveu. Quando vi que o inquilino agora tinha descoberto tudo sobre mim, corei, fiquei petrificada no mesmo lugar e de repente comecei a chorar – fiquei com tanta vergonha e amargura naquele momento, que não sabia para onde olhar! Minha avó gritou: "Por que é que está aí parada?", e fiquei ainda pior... O inquilino, quando viu, viu que eu tinha ficado com vergonha dele, despediu-se e na mesma hora foi embora!

Desde então, mal podia vir um barulho da entrada da casa, eu ficava como morta. É o inquilino que está vindo, pensava eu, e de mansinho despregava o alfinete, por via das dúvidas. Mas nunca era ele, que não vinha. Duas semanas se passaram; o inquilino, então, mandou Fiokla dizer que tinha muitos livros franceses, e que eram todos livros bons, que podiam ser lidos; e se por acaso a minha avó não gostaria que eu os lesse para ela, para que não ficasse tão entediada. Minha avó concordou com gratidão, mas ficou o tempo todo perguntando se eram livros morais ou não, porque, se os livros fossem imorais, você não pode ler de jeito nenhum, Nástienka, ela disse, vai aprender coisa ruim.

– E o que é que eu vou aprender, vovó? O que está escrito lá?

– Ah! – ela disse – eles descrevem como uns jovens seduzem moças de boa conduta como eles, com o pretexto de que querem se casar com elas, levam embora as moças da casa dos pais, como depois abandonam essas pobres moças ao seu próprio destino, e elas morrem da maneira mais lamentável. Eu li muitos desses livros — disse minha avó — e tudo é descrito de um jeito tão bonito — ela disse — que você passa a madrugada ali, lendo quietinha. Então você, Nástienka — ela disse —, olhe lá, não vá ler isso. Que livros são esses que ele trouxe? — ela perguntou.

— São só romances de Walter Scott, vovó.

— Romances de Walter Scott! Ora essa, não tem algum mexerico aí, não? Olhe bem para ver se ele não colocou neles algum bilhetinho de amor.

— Não, vovó — eu disse —, não tem bilhete.

— Pois dê uma olhada debaixo da capa; às vezes eles enfiam na capa, os danados!...

— Não, vovó, debaixo da capa também não tem nada.

— Pois então aí sim!

E assim começamos a ler Walter Scott e em coisa de um mês lemos quase a metade. Depois ele mandou outros e mais outros. Mandou Púchkin, até que finalmente eu não conseguia mais ficar sem livros e parei de pensar em me casar com um príncipe chinês.

Assim estavam as coisas quando, uma vez, aconteceu de eu encontrar nosso inquilino na escada. Minha avó tinha me mandado buscar alguma coisa. Ele parou, eu fiquei corada, ele também ficou corado; porém, deu risada, cumprimentou, perguntou sobre a saúde da minha avó e disse: "E então, leu os livros?". Respondi: "Li".

"E do que é que gostou mais?", ele disse. Aí eu respondi: "Gostei mais do *Ivanhoé*[13] e do Púchkin". Daquela vez, terminou assim.

Uma semana depois, dei com ele de novo na escada. Dessa vez, não foi minha avó quem me mandou, eu mesma tinha que buscar alguma coisa. Passava das duas horas, e o inquilino chegava em casa naquela hora. "Olá!", disse ele. Eu também disse para ele: "Olá!".

— Mas então — ele disse — não fica entediada de passar o dia todo sentada com sua avó?

Assim que ele me perguntou aquilo, nem sei por que fiquei corada e envergonhada, e de novo me senti ofendida, pelo visto os outros já começavam a perguntar daquele assunto. O que eu queria era não responder e ir embora, mas não tive forças.

— Escute — ele disse —, a senhora é uma boa moça! Perdão por falar assim com a senhora, mas eu lhe garanto que lhe desejo o bem, até mais que sua avó. A senhora não teria alguma amiga que pudesse visitar?

Eu disse que não tinha nenhuma, que antes tinha uma, Máchenka, mas essa também havia partido para Pskov.

— Escute — ele disse —, quer ir ao teatro comigo?

— Ao teatro? mas e minha avó?

— A senhora pode sair de mansinho de perto da sua avó — ele disse...

---

13 Romance mais famoso de Walter Scott, publicado em 1819.

— Não — eu disse —, não quero enganar minha avó. Adeus, senhor!

— Está bem, adeus — ele disse e não falou mais nada.

Só que, depois do jantar, ele veio à nossa casa; sentou-se, ficou um bom tempo conversando com minha avó, perguntou se ela por acaso costumava sair para algum lugar, se tinha conhecidos — aí, de repente, disse: "É que hoje eu peguei um camarote na ópera; vão apresentar *O barbeiro de Sevilha,*[14] uns conhecidos queriam ir, mas depois desistiram, aí fiquei com um ingresso na mão".

— *O barbeiro de Sevilha*! — gritou minha avó. — Mas é aquele mesmo *Barbeiro* que apresentavam antigamente?

— Sim — ele disse —, é aquele mesmo *Barbeiro* — e então olhou para mim. Aí eu entendi tudo, fiquei corada, e meu coração começou a pular de expectativa!

— Mas como não conhecer — disse minha avó — como não conhecer? Antigamente eu mesma interpretava a Rosina no teatro doméstico!

— Então não querem ir hoje? —perguntou o inquilino. — Meu ingresso vai se perder à toa.

— Sim, talvez possamos ir, disse minha avó, por que não ir? A minha Nástienka aqui nunca esteve no teatro.

Meu Deus, que alegria! Na mesma hora nós nos preparamos, nos arrumamos e fomos. Minha avó pode até ser cega, mas mesmo assim queria ouvir a música e, além disso,

---

14 Famosa ópera de Gioachino Rossini (1792-1868), que estreou em 1816 e gozava de grande popularidade na Rússia de meados do século 19.

é uma boa velhinha: o que ela mais queria era me divertir, por conta própria nós nunca teríamos resolvido ir. Nem vou lhe dizer a impressão que me causou *O barbeiro de Sevilha*, só que por toda aquela noite nosso inquilino olhou para mim de um jeito tão bom, falou de um jeito tão bom, que na mesma hora eu vi que ele queria me pôr à prova pela manhã, quando propôs que eu fosse sozinha com ele. Mas que alegria! Fui me deitar tão orgulhosa, tão alegre, o coração batia tanto, que até surgiu uma leve febre, e fiquei a noite toda delirando com *O barbeiro de Sevilha*.

Pensei que, depois daquilo, ele passaria a vir com cada vez mais frequência – mas não foi nada disso. Ele parou quase por completo. Até vinha às vezes, uma vez por mês, mas era só para convidar ao teatro. Depois, nós fomos de novo umas duas vezes. Só que, então, fiquei totalmente insatisfeita com aquilo. Vi que ele só tinha pena de mim por estar oprimida daquela forma na casa da minha avó, mas nada mais que isso. E assim continuou, até que aquilo me pegou: ficar sentada eu não ficava, ler eu não lia, trabalhar eu não trabalhava, às vezes fazia alguma brincadeira para contrariar minha avó, em outros momentos simplesmente chorava. Por fim, emagreci e por pouco não fiquei doente. A temporada de ópera passou, e o inquilino parou por completo de nos visitar; quando nós nos encontrávamos – sempre naquela mesma escada, é claro – ele só cumprimentava em silêncio, de um jeito bem sério, como se nem quisesse falar, e já descia de uma vez para o terraço de entrada, enquanto eu continuava parada no meio da escada, vermelha como uma cereja, porque todo o meu sangue começava a subir para a cabeça quando o encontrava.

Agora, logo vem o fim. Exatamente um ano atrás, no mês de maio, o inquilino veio até nós e disse para a minha avó que tinha concluído seu negócio por aqui e que deveria partir de volta para Moscou, por um ano. Quando ouvi aquilo, empalideci e tombei na cadeira, como morta. Minha avó não percebeu nada, e ele, depois de informar que iria embora de nossa casa, despediu-se de nós e saiu.

O que eu podia fazer? Pensei, pensei, fiquei muito, muito entristecida, mas finalmente me decidi. Ele partiria no dia seguinte, e eu decidi que acabaria com tudo à noite, quando minha avó fosse dormir. Foi o que aconteceu. Amarrei numa trouxinha todos os vestidos que tinha, toda a roupa de baixo necessária, e, com a trouxinha nas mãos, mais morta que viva, fui ao mezanino onde morava nosso inquilino. Acho que levei uma hora inteira para subir a escada. Então, quando abri a porta do quarto, ele deu até um grito ao olhar para mim. Pensou que eu fosse um fantasma e correu para me dar água, porque eu mal conseguia ficar de pé. Meu coração batia tanto, que tive dor de cabeça, e meu juízo ficou turvo. Quando me recobrei, fui logo pondo minha trouxinha na cama dele, me sentei ao lado dela, cobri o rosto com as mãos e comecei a chorar a cântaros. Ele, pelo visto, entendeu tudo num instante e parou na minha frente, pálido, olhando para mim com um ar tão triste, que meu coração se dilacerou.

— Escute — começou ele —, escute, Nástienka, não posso fazer nada; sou um homem pobre; por enquanto, não tenho nada, nem mesmo um lugar decente; como é que haveríamos de viver se eu me casasse com a senhora?

Conversamos por muito tempo, mas afinal caí em delírio, disse que eu não podia viver na casa da minha avó, que fugiria dali, que não queria ser pregada com um alfinete, e que, se ele quisesse, iria com ele para Moscou, porque sem ele não podia viver. Vergonha, amor, orgulho — tudo isso falava em mim de uma só vez, e eu tombei na cama, quase tendo convulsões. Tinha tanto medo da rejeição!

Ele ficou sentado durante alguns minutos, em silêncio, depois se levantou, chegou perto de mim e pegou minha mão.

— Escute, minha bondosa, minha querida Nástienka! — começou ele, também em meio às lágrimas. — Escute. Juro que, se um dia eu tiver condições de me casar, será certamente a senhora a me trazer a felicidade; garanto que agora só a senhora é que pode me trazer a felicidade. Ouça: estou indo para Moscou e passarei lá exatamente um ano. Espero organizar os meus negócios. Quando retornar, e se a senhora não deixar de me amar, juro que seremos felizes. Agora é impossível, não posso, não tenho o direito de prometer o que quer que seja. Mas, repito, se daqui a um ano isso não acontecer, em algum momento decerto há de ser; no caso de a senhora não preferir outro a mim, é evidente, porque não posso e não ouso prendê-la com qualquer tipo de palavra.

Foi isso que ele me disse, e no dia seguinte partiu. Ficou estabelecido, de comum acordo, não dizer a minha avó uma palavra sequer a respeito disso. Assim ele quis.

Bem, agora quase terminou toda a minha história. Exatamente um ano se passou. Ele voltou, já está aqui há três dias e, e...

— E o quê? — gritei, impaciente para ouvir o fim.

— E até agora não apareceu! — respondeu Nástienka, como que juntando as forças. — Nem sinal de vida...

Nesse ponto ela parou, ficou um instante calada, abaixou a cabeça e, de repente, cobrindo o rosto com as mãos, soluçou de tal maneira, que meu coração ficou apertado por causa daqueles soluços.

Eu não esperava de maneira alguma semelhante desfecho.

— Nástienka! — comecei, com uma voz acanhada e fingida. — Nástienka! pelo amor de Deus, não chore! Como a senhora sabe? talvez ele ainda não tenha vindo para cá...

— Está aqui, está aqui! — retrucou Nástienka. — Ele está aqui, eu sei. Fizemos um trato, ainda naquela época, naquela noite, antes da partida: quando já tínhamos dito tudo que eu lhe contei, e fizemos o trato, saímos para passear aqui, justamente nesta margem. Eram dez horas; ficamos sentados neste banco; eu não chorava mais, era doce ouvir o que ele me dizia... Ele disse que, logo depois da chegada, viria me ver e, se eu não o rejeitasse, contaríamos tudo para minha avó. Agora ele chegou, sei disso, e não está aqui, não está!

E mais uma vez ela irrompeu em lágrimas.

— Meu Deus! Por acaso não há nada que se possa fazer para acudi-la? — gritei, dando um salto do banco, em completo desespero. — Diga-me, Nástienka, será que pelo menos eu poderia ir até ele?...

— Por acaso isso é possível? —perguntou ela, levantando de repente a cabeça.

— Não, é evidente que não! — observei, me dando conta. — Faça o seguinte: escreva uma carta.

— Não, é impossível, isso não dá! — respondeu com ar resoluto, mas já de cabeça baixa e sem olhar para mim.

— Como, não dá? por que é impossível? — prossegui, apegado à minha ideia. — Mas, sabe, Nástienka, uma carta daquelas! Tem cartas e cartas... Ah, Nástienka, é isso! Creia em mim, creia! Eu não lhe daria um conselho ruim. Tudo isso pode ser arranjado! A senhora já deu o primeiro passo — por que não agora...

— Não dá, não dá! Assim, seria como se eu estivesse exigindo...

— Ah, minha boa Nástienka! — interrompi, sem esconder o sorriso. — Nada disso, não; afinal, a senhora está no seu direito, porque ele lhe prometeu. E também, a partir de tudo isso, posso ver que ele é um homem delicado, que agiu bem — prossegui, cada vez mais entusiasmado com a lógica de minhas próprias conclusões e convicções. — Como ele agiu? Obrigou-se com uma promessa. Disse que não se casaria com ninguém além da senhora, se é que se casaria; mas à senhora ele deu plena liberdade de rejeitá-lo na hora que fosse... Neste caso, a senhora pode dar o primeiro passo, tem esse direito, tem a preferência em relação a ele, mesmo que, por exemplo, a senhora queira liberá-lo da palavra dada...

— Escute, como é que o senhor escreveria?

— O quê?

— Ora, essa carta.

— Escreveria da seguinte maneira: “Prezado senhor...”.

— Precisa mesmo disso: prezado senhor?

— Precisa! Aliás, por que razão? acho que...

— Ora, ora! continue!

— “Prezado senhor! Perdoe-me por...”. Aliás, não, não precisa pedir perdão coisa nenhuma! O próprio fato justifica tudo, escreva simplesmente:

“Escrevo-lhe. Perdoe-me por minha impaciência; mas, durante um ano, fui feliz pela esperança; tenho culpa se não posso agora suportar mais um dia de incerteza? Agora que o senhor já chegou, talvez tenha mudado suas intenções. Então, esta carta lhe dirá que não me queixo e que não o culpo. Não o culpo por eu não ter poder sobre seu coração; este é meu destino!

“O senhor é um homem nobre. Não haverá de rir ou de se aborrecer com minhas linhas impacientes. Lembre-se de que quem as escreve é uma pobre moça, de que ela é solitária, de que não tem ninguém para ensiná-la ou para aconselhá-la, e de que ela nunca conseguiu dominar seu próprio coração. Mas me perdoe pelo fato de que a dúvida, ainda que só por um instante, tenha se instalado em minha alma. O senhor não é capaz nem em pensamento de ofender aquela que tanto o amou e o ama.”

— Sim, sim! foi justamente como eu pensei! — gritou Nástienka, e a alegria reluziu em seus olhos. — Oh! o senhor dissipou minhas dúvidas, foi o próprio Deus que me enviou o senhor! Eu lhe agradeço, eu lhe agradeço!

— Por quê? por Deus ter me mandado? — respondi, olhando em êxtase para aquele rostinho alegre.

— Sim, nem que seja por isso.

— Ah, Nástienka! É que agradecemos certas pessoas nem que seja por viverem junto conosco. Eu agradeço a senhora por ter cruzado comigo, pelo fato de que a recordarei por minha vida inteira!

— Ora, chega, chega! Pois agora é o seguinte, escute bem: naquela época, houve um trato de que, assim que ele chegasse, na mesma hora me faria saber disso deixando-me uma carta num lugar, na casa de uns conhecidos meus, pessoas boas e simples, que não sabem de nada disso; ou, se não fosse possível escrever uma carta para mim, já que numa carta nem sempre dá para contar tudo, ele viria para cá no mesmo dia em que chegasse, exatamente às dez horas, onde nós combinamos de nos encontrar. Da chegada eu já sei; mas já faz três dias, e nada da carta, nem dele. Sair de perto da minha avó pela manhã é totalmente impossível. Amanhã, entregue o senhor mesmo a minha carta àquelas boas pessoas de que lhe falei; elas já vão repassá-la; e, se houver uma resposta, o senhor mesmo haverá de trazê-la à noite, às dez horas.

— Mas a carta, a carta! É que antes é preciso escrever a carta! Assim talvez tudo aconteça depois de amanhã.

— A carta... — respondeu Nástienka, confundindo-se um pouco. — A carta... mas...

Mas ela não terminou de falar. Primeiro, virou o rostinho para longe de mim, ficou vermelha como uma rosa, e, de repente, senti em minha mão a carta, que pelo visto já fora escrita havia muito tempo, toda pronta e selada. Uma recordação familiar, terna e graciosa passou-me pela cabeça!

— R,o — Ro, s, i — si, n, a — na — comecei.[15]

— Rosina! — cantamos nós dois juntos; eu, quase abraçando-a de êxtase, ela, enrubescendo, como só poderia enrubescer, e rindo em meio às lágrimas que, como perolazinhas, tremiam em seus cílios negros.

— Ora, chega, chega! Agora, adeus! — disse ela, velozmente. — Aqui está a carta, aqui está o endereço aonde o senhor deve levá-la. Adeus! até a vista! até amanhã!

Ela apertou com força ambas as minhas mãos, fez um aceno com a cabeça e saiu como uma flecha em direção a sua travessa. Fiquei ali muito tempo parado, acompanhando-a com o olhar.

"Até amanhã! até amanhã!" — passou-me pela cabeça quando ela sumiu de minha vista.

---

15 Menção à cena do segundo ato da já mencionada ópera *O barbeiro de Sevilha*, em que Fígaro recomenda a Rosina que escreva ao amado, e ela lhe entrega uma carta, escrita de antemão, para o Conde de Almaviva.

Terceira noite

Hoje foi um dia tristonho, chuvoso, sem uma luz, justamente como minha futura velhice. Sou oprimido por pensamentos tão estranhos, por sensações tão obscuras, questões ainda tão incertas para mim se acumulam em minha cabeça – mas de certa forma não tenho nem força, nem vontade de resolvê-las. Não cabe a mim resolver tudo isso!

Hoje não nos veremos. Ontem, quando nos despedimos, as nuvens começaram a ocultar o sol, e a neblina se ergueu. Eu disse que amanhã seria um dia ruim; ela não respondeu, não queria falar contra si mesma; para ela, aquele dia era luminoso e claro, e nenhuma nuvenzinha haveria de encobrir sua felicidade.

– Se chover, não nos veremos! – disse ela. – Não virei.

Pensei que ela nem perceberia a chuva de hoje e, no entanto, ela não veio.

Ontem foi nosso terceiro encontro, nossa terceira noite branca...

Porém, como a alegria e a felicidade tornam maravilhosa uma pessoa! como ferve de amor o coração! Parece que você quer verter seu coração inteiro no outro, que você quer que tudo seja animado, que tudo ria. E como é contagiosa essa alegria! Ontem, nas palavras dela, havia tanta ternura, tanta bondade por mim no coração... Como me galanteava, como me dava carinho, como animava e acalentava meu coração! Ah, a denguice que a felicidade traz! E eu... Eu levei tudo a sério; pensei que ela...

Mas, meu Deus, como é que eu pude pensar isso? como pude ser tão cego, quando tudo já fora tomado por outro, nada daquilo era meu; quando, finalmente, até esse seu próprio carinho, sua preocupação, seu amor... sim, o amor por mim — nada mais era que a alegria pelo iminente encontro com o outro, o desejo de impingir também a mim a sua felicidade?... Quando ele não veio, porém, quando esperamos em vão, ela ficou carrancuda, acanhada e amedrontada. Todos os seus movimentos, todas as suas palavras ficaram menos leves, jocosos e animados. E, o que é estranho, ela dobrou sua atenção por mim, como que por instinto, desejando despejar em mim aquilo que desejava para si, aquilo que temia que não se cumprisse. Minha Nástienka ficou tão intimidada, tão assustada, que parecia afinal ter compreendido que eu a amava, e apiedou-se de meu pobre amor. Pois, quando somos infelizes, sentimos com mais força a infelicidade dos outros; o sentimento não se dissipa, mas se concentra...

Fui encontrá-la com o coração pleno e mal podia esperar pelo encontro. Não pressentia a sensação que teria depois, não pressentia que aquilo tudo não acabaria como eu pensava. Ela estava radiante de alegria, esperava pela resposta. A resposta era ele mesmo. Ele deveria vir, correr ao chamado dela. Ela chegou uma hora antes de mim. No início, gargalhava de tudo, ria de qualquer palavra minha. Fiz menção de começar a falar e me calei.

— Sabe por que estou tão contente? — disse ela. — Tão contente em olhar para o senhor? por que amo tanto o senhor hoje?

— Por quê? — perguntei, e meu coração estremeceu.

— Amo o senhor por não ter se apaixonado por mim. Porque outro, em seu lugar, teria começado a importunar, a amolar, teria começado com ais e uis, teria adoecido, mas o senhor é tão gentil!

Nesse momento, ela apertou tanto minha mão, que quase gritei. Ela deu risada.

— Deus! que amigo o senhor é! — começou um minuto depois, com ar muito sério. — Pois foi Deus quem me enviou o senhor! O que é que seria de mim se o senhor não estivesse comigo agora? Como é desinteressado! Como é bom seu amor por mim! Quando eu me casar, seremos muito próximos, mais que irmãos. Terei pelo senhor quase tanto amor quanto tenho por ele...

Senti naquele momento uma espécie de tristeza horrível; porém, algo semelhante a um riso revirou-se em minha alma.

— A senhora está tendo um acesso — disse eu —, está se amedrontando; acha que ele não virá.

— Seja o que Deus quiser! — respondeu ela. — Se eu estivesse menos feliz, tenho a impressão de que choraria por sua incredulidade, por suas recriminações. Aliás, o senhor me sugeriu uma ideia e me deu algo em que pensar por muito tempo; mas pensarei depois, enquanto agora reconheço que o senhor diz a verdade. Sim! é como se eu estivesse fora de mim; é como se estivesse por inteiro em expectativa e sentindo tudo como que leve demais. Mas basta, vamos deixar de lado os sentimentos!...

Nessa hora, ouviram-se passos, e, das sombras, apareceu um transeunte, que vinha ao nosso encontro. Ambos começamos a tremer; por pouco ela não deu um grito. Soltei a mão dela e fiz um gesto como se fosse me afastar. Mas estávamos enganados: não era ele.

— Do que o senhor tem medo? Por que largou minha mão? — perguntou ela, dando-me de novo a mão. — Mas o que é? nós o encontraremos juntos. Quero que ele veja como nós nos amamos.

— Como nós nos amamos! — gritei.

"Ah, Nástienka, Nástienka!" — pensei — "Quanta coisa você disse com essa palavra! Por um amor como esse, Nástienka, em *certas* horas congela-se o coração, e surge um peso na alma. Sua mão é fria, a minha é quente como fogo. Como você é cega, Nástienka!... Ah! como é insuportável uma pessoa feliz em certos momentos! Mas eu não poderia me irritar com você!..."

Finalmente meu coração transbordou.

— Escute, Nástienka! — gritei. — Por acaso sabe o que aconteceu comigo o dia todo?

— O quê, o que foi? conte depressa! Por que é que o senhor só ficou calado até agora?

— Em primeiro lugar, Nástienka, quando cumpri todas as suas incumbências, entreguei a carta, estive na casa de suas boas pessoas, depois... depois cheguei em casa e fui dormir.

— Só isso? — interrompeu ela, rindo.

— Sim, quase só isso — respondi, com o coração apertado, porque umas lágrimas estúpidas já se acumulavam em meus olhos. — Acordei uma hora antes de nosso encontro, mas foi como se não tivesse dormido. Não sei o que houve comigo. Vim para lhe dizer tudo isso, como se o tempo para mim tivesse parado, como se uma só sensação, um só sentimento desse instante devesse permanecer em mim para todo o sempre, como se um só minuto devesse continuar por toda a eternidade e como se toda a vida tivesse parado para mim... Quando acordei, tive a impressão de que um tema musical, há muito conhecido, ouvido anteriormente em algum lugar, esquecido e adocicado, agora me viesse à memória. Tive a impressão de que ele tinha passado a vida inteira querendo sair de minha alma, e só agora...

— Ah, meu Deus, meu Deus! — interrompeu Nástienka. — Mas o que é afinal tudo isso? Não entendo uma palavra sequer.

— Ah, Nástienka! queria de algum modo transmitir-lhe essa estranha impressão... — comecei, com uma voz queixosa, na qual uma esperança ainda se escondia, ainda que totalmente distante.

— Basta, pare, basta! — ela falou, e no mesmo instante adivinhou, a trapaceira!

De repente ela ficou como que extraordinariamente faladeira, animada, travessa. Pegou-me pela mão, riu, quis que eu também risse, e cada palavra embaraçada minha provocava nela um riso bem sonoro, bem longo... Quando eu já começava a me irritar, ela de repente deixou de lado a denguice.

— Escute — começou —, é que fico um pouquinho aborrecida por não ter se apaixonado por mim. Quem é que entende a pessoa depois disso! Mas, de todo modo, senhor inflexível, o senhor não pode deixar de me elogiar por ser tão simples. Eu lhe digo tudo, digo tudo, não importa a bobagem que me passe pela cabeça.

— Ouça! Parece que são onze horas, não? — disse eu, quando o cadenciado som do sino ressoou da longínqua torre da cidade. Ela parou de repente, deixou de rir e começou a contar.

— Sim, onze — finalmente disse ela, numa voz acanhada e insegura.

No mesmo instante me arrependi por tê-la assustado, por tê-la feito contar as horas, e me amaldiçoei pelo acesso de raiva. Fiquei triste por ela e não sabia como redimir minha transgressão. Comecei a consolá-la, a buscar motivos para a ausência dele, a levantar diversos argumentos, provas. Naquele instante, não havia ninguém mais fácil de enganar do que ela e, também, qualquer um naquele instante escutaria com certo prazer qualquer consolação que fosse e ficaria muito contente se houvesse ao menos a sombra de uma justificativa.

— Mas é mesmo uma coisa risível — comecei, cada vez mais inflamado e enlevado com a extraordinária clareza das minhas provas —, ele nem poderia mesmo vir; a senhora também me enganou e me enredou, Nástienka, tanto que até perdi a conta do tempo... Pense só a senhora: ele mal conseguiu receber a carta; suponhamos que ele não pudesse vir, suponhamos que ele vá responder, então a carta não há de chegar antes de amanhã. Vou buscá-la amanhã ao raiar do dia e na mesma hora deixo a senhora saber. Considere, por último, milhares de possibilidades: e se ele não estava em casa quando chegou a carta, e ele talvez não a tenha lido até agora? Pois tudo pode acontecer.

— Sim, sim! — respondeu Nástienka. — Nem pensei nisso; é claro, tudo pode acontecer — prosseguiu com uma voz das mais conciliadoras, mas em que podia se ouvir algum pensamento distante, como uma lamentável dissonância. — O senhor vai fazer o seguinte — prosseguiu ela —, vá amanhã, tão cedo quanto puder, e, se receber alguma coisa, na mesma hora me deixe saber. O senhor sabe onde eu moro, não sabe? — E ela começou a repetir para mim seu endereço.

Depois, de repente ficou tão meiga, tão acanhada comigo... Parecia ouvir com atenção o que eu lhe dizia; mas, quando eu lhe dirigia alguma pergunta, ficava em silêncio, confusa, e virava a cabecinha para o outro lado. Olhei nos olhos dela — era isso: estava chorando.

— Ora, mas será possível, mas será possível? Ah, mas como a senhora é criança! Que coisa infantil!... Basta!

Ela tentou sorrir, acalmar-se, mas o queixo tremia, e o peito continuava arfando.

— Penso no senhor — ela me disse, depois de um momento em silêncio —, o senhor é tão bom, que eu seria feita de pedra se não sentisse isso. Sabe o que me veio à cabeça agora? Comparei vocês dois. Por que é que ele não é o senhor? Por que é que ele não é do seu jeito? Ele é pior que o senhor, embora eu o ame mais.

Não respondi nada. Ela, pelo visto, esperava que eu dissesse alguma coisa.

— É claro, talvez eu ainda não o compreenda totalmente, não o conheça totalmente. Sabe, parece que eu sempre tive medo dele; era sempre tão sério, parecia tão orgulhoso. É claro que sei que ele só era assim na aparência, que no coração havia mais ternura que no meu... Lembro como ele olhou para mim naquele dia em que fui até ele com a trouxinha, está lembrado? mas, mesmo assim, de certa forma eu o respeito demais, e será que por isso nós não estamos em igualdade?

— Não, Nástienka, não — respondi —, isso significa que a senhora o ama mais que tudo no mundo, e que o ama muito mais que a si mesma.

— Sim, suponhamos que seja isso — respondeu a ingênua Nástienka —, mas sabe o que me veio à cabeça agora? Só que agora não vou falar dele, e sim em geral; já faz tempo que tudo isso me vem à cabeça. Escute, por que é que todos nós não podemos ser como irmãos? Por que é que a melhor das pessoas sempre parece esconder algo do outro, calar diante do outro? Por que não dizer logo, com franqueza, o que está no coração, se você sabe que não está dizendo palavras ao vento? Mas, ao contrário, todos parecem ser mais severos do que de fato são, como se temessem ofender seus sentimentos, se eles forem revelados depressa demais...

— Ah, Nástienka! a senhora diz a verdade; mas é que isso acontece por muitos motivos — interrompi, reprimindo mais do que nunca, naquele momento, os meus próprios sentimentos.

— Não, não! — respondeu ela, com profundo sentimento. — O senhor, por exemplo, não é como os outros! Juro que não sei como lhe contar o que sinto; mas tenho a impressão de que o senhor, por exemplo... que agora... tenho a impressão de que o senhor está sacrificando alguma coisa por mim — acrescentou com ar acanhado, olhando de relance para mim. — O senhor me perdoe por falar assim: é que sou uma moça simples; é que ainda vi pouco do mundo e, juro, nunca sei falar — acrescentou com uma voz que tremia por algum sentimento oculto e, enquanto isso, tentava sorrir —, mas só gostaria de lhe dizer que sou grata, que também sinto tudo isso... Oh, que Deus lhe pague por essa felicidade! Aquilo que o senhor me contou antes do seu sonhador, nada daquilo é verdade, digo, quero dizer que não se refere ao senhor de jeito nenhum. O senhor está sarando, é de fato mesmo uma pessoa totalmente diferente daquela que o senhor mesmo descreveu. Se algum dia o senhor se apaixonar, que Deus lhe dê felicidade com ela! E, para ela, não desejo nada, porque será feliz com o senhor. Eu sei, eu mesma sou mulher, e o senhor deve acreditar em mim se eu lhe digo isso...

Ela se calou e apertou minha mão com força. Eu também não consegui dizer nada por conta da emoção. Alguns minutos se passaram.

— Sim, pelo visto ele não vem hoje! — disse ela, afinal, erguendo a cabeça. — Está tarde!...

— Ele virá amanhã — disse eu com a voz mais persuasiva e firme que podia.

— Sim — acrescentou ela, alegrando-se —, eu mesma agora vejo que ele virá só amanhã. Bem, então até a vista! até amanhã! Se chover, talvez eu não venha. Mas depois de amanhã eu venho, venho sem falta, não importa o que acontecer comigo; esteja aqui sem falta; quero vê-lo, hei de lhe contar tudo.

E depois, quando nos despedimos, ela me deu a mão e disse, olhando para mim com ar sereno:

— Pois agora estamos juntos para sempre, não é mesmo?

Oh! Nástienka, Nástienka! Se você soubesse a solidão em que estou agora!

Quando bateram nove horas, não consegui ficar no meu quarto, me vesti e saí, apesar do tempo chuvoso. Estive lá, fiquei sentado no nosso banco. Cheguei a me dirigir à travessa delas, mas senti vergonha e voltei sem olhar para as janelas, sem dar os dois passos que faltavam até a casa delas. Cheguei em casa numa angústia que nunca tinha sentido. Que época úmida, enfadonha! Se o tempo estivesse bom, teria passeado por lá a noite inteira...

Mas até amanhã, até amanhã! Amanhã ela há de me contar tudo.

Porém não teve carta hoje. Mas, aliás, era isso mesmo que deveria ser. Eles já estão juntos...

Quarta noite

Deus, como tudo isso terminou! De que maneira tudo isso terminou!

Cheguei às nove horas. Ela já estava lá. Já de longe eu a notei; estava em pé, como então, na primeira vez, apoiada no parapeito da margem, e não me ouviu chegar perto dela.

— Nástienka! — chamei-a, sufocando com muito custo minha emoção.

Ela se virou rapidamente para mim.

— Então? — disse ela. — Então? Depressa!

Olhei para ela, perplexo.

— Então, mas onde está a carta? O senhor trouxe a carta? — repetiu ela, a mão agarrada ao parapeito.

— Não, não estou com a carta — eu disse, enfim —, por acaso ele ainda não veio?

Ela ficou terrivelmente pálida e olhou para mim por muito tempo, imóvel. Eu destruíra sua última esperança.

— Bem, que vá com Deus! — ela falou, enfim, com voz entrecortada. — Que vá com Deus, se vai me abandonar assim.

Ela baixou os olhos, depois quis olhar para mim, mas não conseguiu. Durante alguns minutos, ainda tentou dominar sua agitação, mas de repente virou-se, apoiou os cotovelos na balaustrada da margem e desfez-se em lágrimas.

— Basta, basta! — fiz menção de dizer, mas, ao olhar para ela, me faltaram forças para continuar, e o que é que eu poderia dizer?

— Não tente me consolar — dizia ela, chorando —, não fale dele, não diga que ele virá, que ele não me abandonou de maneira tão cruel, tão desumana, como ele fez. Por que razão, por que razão? Será que foi alguma coisa na minha carta, nessa carta desgraçada?...

Nesse momento, os soluços encobriram sua voz; meu coração se partia ao olhar para ela.

— Oh, como isso é desumano e cruel! — começou ela outra vez. — E nem uma linhazinha, nem uma linhazinha! Se pelo menos respondesse dizendo que não precisa de mim, que me rejeita; mas nem uma linhazinha sequer em três dias! Como é fácil para ele insultar e ofender uma moça pobre e indefesa, que só é culpada por amá-lo! Ah, o quanto sofri nesses três dias! Meu Deus! Meu Deus! Quando lembro que eu fui por conta própria até ele na primeira vez, que me humilhei diante dele, chorei, implorei a ele um pingo de amor que fosse... E depois disso!... Escute — começou a falar dirigindo-se a mim, e seus olhinhos negros cintilaram —, mas não é isso! Não pode ser isso; é antinatural! Ou o senhor se enganou, ou eu me enganei; e se ele não tiver recebido a carta? E se ele não sabe de nada até agora? Como é que pode, julgue o senhor mesmo, me diga, em nome de Deus me explique... não consigo entender... como é que pode alguém agir de um jeito tão bárbaro e grosseiro como ele agiu comigo?! Uma palavra sequer! Até com o último dos homens do mundo se tem mais compaixão. E se ele ouviu alguma coisa, e se alguém falou mal de mim para ele? — gritou, dirigindo-me a pergunta. — O que o senhor acha, o que acha?

— Ouça, Nástienka, amanhã vou falar com ele em seu nome.

— E então?!

— Vou perguntar sobre tudo, contar tudo para ele.

— E então, e então?!

— A senhora vai escrever uma carta. Não diga que não, Nástienka, não diga que não! Farei com que ele respeite sua atitude, ele saberá de tudo, e se...

— Não, meu amigo, não — ela me interrompeu. — Chega! Nem uma palavra a mais, nem uma palavra de minha parte, nem uma linha — chega! Eu não o conheço, não o amo mais, vou es... que... cê-lo...

Ela não terminou a frase.

— Acalme-se, acalme-se! Sente-se aqui, Nástienka — falei, colocando-a no banco.

— Mas eu estou calma. Basta! É isso! São lágrimas, elas vão secar! O que o senhor acha, que eu vou dar fim em mim mesma, que vou me afogar?...

Meu coração estava pleno; queria começar a falar, mas não conseguia.

— Ouça! — prosseguiu ela, pegando-me pela mão. — Diga-me: o senhor não teria agido assim, teria? não teria abandonado aquela que foi até o senhor por conta própria, não teria zombado da cara dela, sem qualquer vergonha, por seu coração fraco e estúpido? O senhor a teria protegido? O senhor teria imaginado que ela era solitária, que não sabia tomar conta de si mesma, que ela não sabia se proteger do amor pelo senhor, que não tinha culpa, que ela afinal não tinha culpa... que ela não tinha feito nada?!... Ah, meu Deus, meu Deus!...

— Nástienka! — gritei, finalmente, sem ter forças para dominar minha emoção. — Nástienka! a senhora está me dilacerando! a senhora está ferindo meu coração, está me matando, Nástienka! Não posso ficar calado! Devo finalmente falar, devo manifestar o que se acumulou aqui, no coração...

Ao dizer aquilo, levantei-me do banco. Ela pegou minha mão e olhou para mim, surpresa.

— O que o senhor tem? — ela falou por fim.

— Ouça! — disse eu, em tom resoluto. — Ouça-me, Nástienka! Tudo que vou dizer agora é absurdo, é irrealizável, é estúpido! Sei que isso nunca poderá acontecer, mas é que não posso ficar calado. Em nome de tudo que a senhora está sofrendo agora, imploro-lhe de antemão que me perdoe!...

— Mas então, o que foi, o que foi? — disse, ao parar de chorar e olhar fixamente para mim, enquanto uma estranha curiosidade reluzia em seus olhinhos surpresos. — O que o senhor tem?

— É irrealizável, mas eu a amo, Nástienka! é isso! Bem, agora tudo foi dito! — falei, abrindo os braços. — Agora a senhora vai ver se pode conversar comigo como acabou de falar, se a senhora pode, afinal, ouvir o que vou lhe dizer...

— Mas o que foi, afinal, o que foi? — interrompeu Nástienka. — O que vem depois disso? Ora, fazia tempo que eu sabia que o senhor me amava, mas é que me parecia que o senhor me amava assim, só por amar, de algum modo... Ah, meu Deus, meu Deus!

— No início foi só por amar, Nástienka, mas agora, agora... estou do mesmo jeito que a senhora estava quando foi até ele naquele dia com sua trouxinha. Pior que a senhora, Nástienka, porque, naquele dia, ele não amava ninguém, e a senhora ama.

— O que é que o senhor está me dizendo?! Eu, afinal, não entendo mesmo o senhor. Mas escute, mas isso a troco de quê, quer dizer, não a troco de quê, mas por que razão o senhor diz isso, e tão de repente... Deus! estou dizendo bobagens! Mas o senhor...

E Nástienka ficou completamente desconcertada. Suas bochechas ficaram enrubescidas; ela baixou os olhos.

— Que posso fazer, Nástienka, que é que eu posso fazer? a culpa é minha, eu abusei... Mas não, não, a culpa não é minha, Nástienka; percebo, eu sinto isso, porque meu coração me diz que tenho razão, porque não posso ofendê-la de modo algum, insultá-la de modo algum! Fui seu amigo; bem, ainda agora sou seu amigo; não traí nada. Veja só as lágrimas que escorrem em mim, Nástienka. Pois que escorram, que escorram — elas não atrapalham em nada. Elas vão secar, Nástienka...

— Mas sente-se aqui, sente-se — disse ela, tentando fazer com que eu me sentasse no banco. — Ah, meu Deus!

— Não! Nástienka, não vou me sentar; não posso mais ficar aqui, a senhora já não pode mais me ver; direi tudo e partirei. Só quero dizer que a senhora nunca saberia que eu a amo. Eu enterraria meu segredo. Eu não começaria a dilacerá-la agora, neste instante, com meu egoísmo. Não! mas não pude mais suportar; a senhora mesma começou a falar disso, a culpa é da senhora, a culpa é toda da senhora, a culpa não é minha. A senhora não pode me repelir para longe...

— Mas não, não, não estou repelindo o senhor, não! — falou Nástienka, escondendo como podia seu embaraço, a pobrezinha.

— A senhora não está me expulsando? não! mas eu mesmo até quis fugir da senhora. E partirei, só que primeiro direi tudo, porque, quando a senhora falou aqui, não consegui continuar sentado, quando chorou aqui, quando se dilacerou pelo fato de que, ora, pelo fato de que (vou ter que falar, Nástienka), pelo fato de que foi rejeitada, pelo fato de que rechaçaram seu amor, eu senti, percebi que, em meu coração, há tanto amor pela senhora, Nástienka, tanto amor!... E fiquei tão amargurado por não poder, com este amor, ajudá-la... que meu coração se partiu, e eu, eu — não consegui ficar calado, eu tinha que falar, Nástienka, tinha que falar!...

— Sim, sim! fale para mim, fale comigo assim! — disse Nástienka com um movimento indefinível. — Talvez lhe pareça estranho que eu fale assim com o senhor, mas... fale! direi algo depois! eu lhe contarei tudo!

— A senhora tem pena de mim, Nástienka; simplesmente tem pena de mim, minha cara amiga! O que está perdido, está perdido! o que foi dito, não volta mais! Não é assim? Bem, então agora a senhora sabe de tudo. Bem, então este é o ponto de partida. Pois bem! agora tudo isso é magnífico; só escute. Quando a senhora estava sentada, chorando, pensei comigo mesmo (ah, deixe-me dizer o que pensei!), pensei que (é claro que não pode ser assim, Nástienka), pensei que a senhora... pensei que a senhora de alguma forma ali... bem, de alguma maneira totalmente alheia, não o amasse mais. Então... já tinha pensado isso ontem e anteontem, Nástienka, então eu tentaria, certamente tentaria fazer com que a senhora passasse a me amar: afinal a senhora disse, afinal a senhora mesma falou, Nástienka, que já estava quase começando a me amar. Bem, mas e então? Bem, era quase tudo isso que eu queria dizer; só resta dizer o que então seria se a senhora passasse a me amar, só isso, nada mais! Pois escute, minha amiga, porque de todo modo a senhora é minha amiga, é claro que sou um homem simples, pobre, muito insignificante, só que essa não é a questão (se pareço não estar falando do que devo, é por causa do embaraço, Nástienka), mas só que eu a amaria tanto, amaria tanto, que, se a senhora ainda o amasse e continuasse a amar aquele que eu não conheço, mesmo assim notaria que meu amor não seria uma espécie de peso para a senhora. Só perceberia, só sentiria, a cada minuto, que a seu lado bate um coração nobre, muito nobre, um coração ardente, que, pela senhora... Ah, Nástienka, Nástienka! o que a senhora fez comigo!...

— Mas não chore, não quero que o senhor chore — disse Nástienka, levantando-se rapidamente do banco. — Venha, levante-se, venha comigo, mas não chore, não chore — dizia ela, enxugando minhas lágrimas com seu lenço —, então, agora venha aqui; talvez eu lhe diga uma coisa... Sim, já que agora ele me deixou, já que me esqueceu, embora eu ainda o ame (não quero enganar o senhor)... mas, escute, responda para mim. Se eu por exemplo passasse a amá-lo, quer dizer, se eu só... Ai, meu amigo, meu amigo! e pensar, e pensar que eu o insultei naquele momento em que ri do seu amor, em que o elogiei por não ter se apaixonado!... Oh, Deus! mas como é que eu não previ isso, como não previ, como fui tão estúpida, mas... pois bem, pois bem, decidi, vou dizer tudo...

— Escute, Nástienka, sabe de uma coisa? vou embora, para longe da senhora, é isso! Eu simplesmente estou apenas torturando a senhora. Agora está com remorso por ter dado risada, mas não quero, não quero que a senhora, além do seu pesar... é claro que a culpa é minha, Nástienka, mas adeus!

— Espere, me ouça: o senhor pode esperar?

— Como, esperar o quê?

— Eu o amo; mas isso vai passar, isso tem que passar, não pode deixar de passar; já está passando, eu sinto... Como vou saber? talvez acabe hoje mesmo, porque eu o odeio, porque ele deu risada de mim, enquanto o senhor chorava aqui comigo, porque o senhor não me rejeitaria como ele, porque o senhor me ama, e ele não me amou, porque eu mesma, afinal, amo o senhor... sim, amo! amo, como o senhor me ama; pois eu mesma já lhe disse isso antes, o senhor mesmo ouviu — amo porque o senhor é melhor que ele, porque é mais nobre que ele, porque, porque ele...

A emoção da pobrezinha era tão forte que ela não terminou, colocou a cabeça no meu ombro, depois no meu peito, e chorou amargamente. Tentei consolá-la, acalmá-la, mas ela não conseguia parar; só apertava minha mão e dizia, em meio aos soluços: "Espere, espere; já vou parar! Quero lhe dizer... não pense que estas lágrimas — não são nada, são de fraqueza, espere que já vai passar...". Enfim ela parou, enxugou as lágrimas, e começamos a caminhar outra vez. Eu queria falar, mas por muito tempo ela ainda continuou me pedindo para esperar. Ficamos calados... Enfim ela criou ânimo e começou a falar...

— É o seguinte — começou ela, com uma voz fraca e trêmula, mas na qual de repente ressoou algo que se cravou bem no meu coração e provocou nele uma dor adocicada —, não pense que sou tão volúvel e fútil, não pense que posso esquecer e trair tão facilmente... Eu o amei durante um ano inteiro e juro por Deus que nunca, nunca, nem em pensamento, fui infiel a ele. Ele desprezou isso; ele deu risada de mim, que vá com Deus! Mas ele me feriu e insultou meu coração. Eu, eu não o amo, porque só posso amar o que é generoso, o que me compreende, o que é nobre; porque eu mesma sou assim, e ele é indigno de mim, ora, que vá com Deus! Melhor ele ter feito agora do que eu frustrar depois as minhas expectativas ao ficar sabendo quem ele é... Bem, acabou! Mas quem sabe, meu bom amigo — prosseguiu ela, apertando minha mão —, quem sabe, e se todo o meu amor tiver sido um engano dos meus sentimentos, da minha imaginação, e se ele tiver começado como uma travessura, como uma besteira, pelo fato de eu estar debaixo da vigilância de minha avó? Talvez eu devesse amar outro que não ele, outra pessoa, diferente, que tivesse compaixão por mim e, e... Bem, vamos deixar isso de lado, vamos deixar — interrompeu Nástienka, sufocando de emoção —, eu só queria lhe dizer... queria lhe dizer que se, apesar de eu amá-lo (não, de eu tê-lo amado), se, apesar disso, o senhor ainda disser... se o senhor sentir que seu amor é tão grandioso, que pode finalmente arrancar do meu coração o anterior... se o senhor quiser se compadecer de mim, se o senhor não quiser me abandonar ao meu destino, sem consolação, sem esperança, se o senhor quiser me amar sempre como me ama agora, eu juro que a gratidão... que meu amor será finalmente digno de seu amor... O senhor tomaria agora a minha mão?

— Nástienka — gritei, sufocando com os soluços —, Nástienka!... Oh, Nástienka!...

— Mas chega, chega! ora, agora chega de uma vez! — falou ela, mal dominando a si. — Bem, agora tudo já foi dito; não é verdade? hein? Bem, o senhor está feliz, e eu também estou feliz; nem uma palavra mais sobre isso; espere; tenha piedade de mim... Fale de alguma outra coisa, em nome de Deus!...

— Sim, Nástienka, sim! chega disso, agora estou feliz, eu... Bem, Nástienka, bem, vamos falar de outra coisa, o quanto antes, vamos falar o quanto antes; sim! estou pronto...

E nós não sabíamos o que dizer, rimos, choramos, falamos mil palavras sem nexo e sem sentido; ora caminhávamos pela calçada, ora de repente voltávamos atrás e começávamos a atravessar a rua; depois parávamos e outra vez atravessávamos para a margem; estávamos como crianças...

— Agora moro sozinho, Nástienka — falei —, mas amanhã... Bem, sabe, Nástienka, é claro que eu sou pobre, não tenho mais que mil e duzentos, mas isso não importa...

— É evidente que não, e a minha avó tem a pensão; então ela não vai nos deixar apertados. Temos que levar minha avó.

— É claro, temos que levar sua avó... Só tem a Matriona...

— Ah, nós também temos a Fiokla!

— A Matriona é boa pessoa, só tem um defeito: não tem imaginação, Nástienka, absolutamente nenhuma imaginação; mas isso não tem problema!...

— Tanto faz; elas duas podem ficar juntas; só que o senhor tem que se mudar para a nossa casa amanhã.

— Como assim? para a sua casa! Tudo bem, estou disposto...

— Sim, o senhor vai alugar conosco. Nós temos um mezanino lá em cima; está vazio; tinha uma inquilina, uma velha, da nobreza, ela se mudou, e eu sei que minha avó quer que entre um jovem; eu disse: "Por que um jovem?". E ela diz: "É que eu já sou velha, só não vá pensar que eu quero arranjar casamento com ele para você, Nástienka". Mas eu adivinhei que era por isso...

— Ai, Nástienka!...

E nós dois rimos.

— Mas agora basta, basta. E onde é que o senhor mora? eu esqueci.

— Lá perto da ponte ...ski, na casa de Baránnikov.

— É aquela casa grande?

— Sim, aquela casa grande.

— Ah, eu sei, é uma boa casa; mas, sabe, deixe-a e mude-se para nossa casa o quanto antes...

— Amanhã mesmo, Nástienka, amanhã mesmo; ainda devo um pouquinho pelo apartamento, mas não é nada... Logo recebo meu salário...

— E, sabe, talvez eu vá dar aulas; eu mesma posso estudar e então dar aulas...

— Isso é magnífico... e logo eu recebo uma premiação, Nástienka...

— Então amanhã o senhor será meu inquilino...

— Sim, e nós vamos ver *O barbeiro de Sevilha*, porque logo mais ele será apresentado de novo.

— Sim, vamos — disse Nástienka, rindo —, não, é melhor não ouvirmos o *Barbeiro*, e sim outra coisa...

— Tudo bem, outra coisa; é claro que seria melhor, nem pensei nisso...

Ao falar aquilo, caminhávamos ambos como que inebriados, numa bruma, como se nós mesmos não soubéssemos o que estava acontecendo conosco. Ora parávamos e conversávamos por muito tempo no mesmo lugar, ora saíamos de novo caminhando e íamos até sabe Deus onde, e outra vez o riso, outra vez as lágrimas... Nástienka ora queria, de repente, ir para casa, e eu não ousava detê-la e queria acompanhá-la até lá; nós nos púnhamos a caminho e de repente, um quarto de hora depois, estávamos na margem, no nosso banco. Ora ela suspirava, e mais uma vez uma lágrima vinha-lhe aos olhos; eu ficava intimidado, gelado...

Mas ali mesmo ela apertava minha mão e me arrastava mais uma vez para caminhar, papear, conversar...

— Agora está na hora, é hora de ir para casa; acho que está muito tarde — disse finalmente Nástienka —, chega dessas criancices para nós!

— Sim, Nástienka, só que agora não vou mais conseguir dormir; não vou para casa.

— Também acho que não vou conseguir dormir; só que o senhor vai me acompanhar...

— Sem falta!

— Mas agora vamos sem falta até minha casa.

— Sem falta, sem falta...

— Palavra de honra?... porque afinal em algum momento é preciso voltar para casa!

— Palavra de honra! — respondi, rindo...

— Então vamos!

— Vamos.

— Olhe para o céu, Nástienka, olhe! Amanhã será um dia maravilhoso; que céu azul, que lua! Olhe: agora ela foi encoberta por essa nuvem amarela, olhe, olhe!... Não, ela passou. Mas olhe só, olhe!...

Mas Nástienka não olhou para a nuvem, ela ficou parada em silêncio, como que petrificada; um instante depois, com ar meio acanhado, ela veio para bem perto de mim. A mão dela tremeu na minha mão; olhei para ela... Ela se apoiou em mim com mais força ainda.

Naquele instante, um jovem passou por nós. Ele parou de repente, olhou fixamente para nós e depois deu mais alguns passos adiante. O coração começou a tremer dentro de mim...

— Nástienka — disse eu a meia-voz —, quem é esse, Nástienka?

— É ele! — respondeu ela aos sussurros, chegando ainda mais perto de mim, de maneira ainda mais palpitante... Eu mal conseguia ficar em pé.

— Nástienka! Nástienka! é você! — ouviu-se uma voz atrás de nós, e no mesmo instante o jovem deu alguns passos em nossa direção.

Deus, que grito! como ela estremeceu! como ela escapou dos meus braços e voou ao encontro dele!... Fiquei parado e olhei para os dois como que morto. Mas ela mal lhe deu a mão, mal se lançou para abraçá-lo, quando de repente voltou-se novamente na minha direção, surgiu ao meu lado, como o vento, como um raio, e, antes que eu pudesse me dar conta, enlaçou meu pescoço com ambas as mãos e me deu um forte e ardente beijo. Depois, sem me dizer uma palavra, lançou-se mais uma vez na direção dele, tomou-lhe a mão e arrastou-o consigo.

Fiquei muito tempo parado, acompanhando-os com o olhar... Finalmente, ambos desapareceram da minha vista.

Manhã

Minhas noites terminaram com a manhã. O dia estava feio. A chuva caía e batia tristemente em meus vidros; no meu quarto, estava escuro, e, lá fora, nublado. Minha cabeça doía e girava; a febre penetrava em meus membros.

— Uma carta para você, querido, do correio municipal, o carteiro quem trouxe — Matriona falou ao meu lado.

— Uma carta! de quem? — gritei, saltando da cadeira.

— Aí eu não sei, querido, dê uma olhada, talvez esteja escrito de quem é.

Rompi o lacre. Era dela!

"Oh, me perdoe, me perdoe! — escreveu-me Nástienka. — Eu imploro de joelhos que o senhor me perdoe! Enganei tanto o senhor, como a mim mesma. Foi um sonho, uma visão... Padeci pelo senhor hoje; me perdoe, me perdoe!...

"Não me recrimine, porque não mudei em nada perante o senhor; eu disse que o amaria, e ainda o amo, mais que amo. Oh, Deus! se eu pudesse amar vocês dois de uma vez! Oh, se o senhor fosse ele!"

"Oh, se ele fosse o senhor!", passou voando por minha cabeça. Recordei suas próprias palavras, Nástienka!

"Deus está vendo o que eu faria agora pelo senhor! Sei que lhe é difícil e triste. Eu o ofendi, mas sabe — quando alguém ama, poderá se lembrar por muito tempo da ofensa? E o senhor me ama!

"Eu agradeço! sim! Agradeço-lhe por esse amor! Porque ele ficou gravado em minha memória, como um sonho doce que é lembrado por muito tempo depois do despertar; porque hei de lembrar eternamente o instante em que o senhor abriu de maneira tão fraternal seu coração para mim e, com tanta generosidade, aceitou como dádiva o meu, morto que estava, para cuidar dele, para mimá-lo, para curá-lo... Se o senhor me perdoar, sua memória será elevada em mim com um sentimento eterno de gratidão pelo senhor, que nunca será apagado de minha alma... Guardarei essa memória, serei fiel a ela, não a trairei, não trairei meu coração: ele é por demais constante. Ontem mesmo ele se virou tão depressa para aquele a quem sempre pertencera.

"Nós nos encontraremos, o senhor virá à nossa casa, não nos abandonará, será meu eterno amigo e irmão... E, quando me vir, o senhor me dará a mão... sim? me dará a mão, terá me perdoado, não é verdade? O senhor me ama *como antes*?

"Oh, me ame, não me abandone, porque eu amo tanto o senhor neste instante, porque sou digna de seu amor, porque hei de merecê-lo... meu querido amigo! Na próxima semana, vou me casar com ele. Voltou apaixonado, nunca se esqueceu de mim... O senhor não se irrite por eu ter escrito sobre ele. Mas quero ir à casa do senhor junto com ele; o senhor há de amá-lo, não é verdade?...

"Mas perdoe, relembre e ame sua

Nástienka."

Passei muito tempo relendo aquela carta; as lágrimas se lançavam dos meus olhos. Finalmente, ela caiu das minhas mãos, e cobri o rosto.

— Mocinho! Ei, mocinho! — começou Matriona.

— Que foi, velha?

— É que eu tirei toda aquela teia de aranha do teto; agora pode até casar, trazer visita, essa é a hora...

Olhei para Matriona... Era uma velha ainda bem-disposta, *jovem*, mas, não sei por quê, de repente ela me pareceu ter um aspecto apagado, com rugas no rosto, encurvada, decrépita... Não sei por quê, de repente me pareceu que meu quarto tinha envelhecido tanto quanto a velha. As paredes e o chão desbotaram, tudo ficou sem cor; as teias de aranha cresceram ainda mais. Não sei por quê, quando olhei pela janela, pareceu-me que a casa em frente à minha, por sua vez, também tinha ficado decrépita e sem cor, que o reboco nas colunas tinha descascado e caído, que as cornijas estavam enegrecidas e cheias de fendas, e que as paredes, de uma cor viva, amarelo-escura, tinham ficado malhadas...

Ou um raio de sol, que de repente olhara por detrás de uma nuvem escura, escondeu-se outra vez debaixo de uma nuvem de chuva, e tudo ficou outra vez sem cor aos meus olhos; ou talvez tenha passado diante de mim, de maneira tão pouco amigável e tão triste, toda a perspectiva do meu futuro, e eu me vi como sou agora, exatamente quinze anos depois, envelhecido, no mesmo quarto, igualmente solitário, com a mesma Matriona, que, em todos esses anos, não ficou nem um pouco mais inteligente.

Mas relembrar a minha ofensa, Nástienka! Lançar uma nuvem escura sobre a sua luminosa e serena felicidade, censurar com amargor e lançar angústia sobre o seu coração, feri-lo com um remorso oculto e fazê-lo bater com tristeza no momento de felicidade plena, amassar uma que seja das meigas florzinhas que você entrelaçou em suas negras madeixas quando foi com ele para o altar... Oh, nunca, nunca! Que seja claro o seu céu, que seja reluzente e sereno o seu sorriso querido, que você seja abençoada por aquele instante de felicidade plena e de alegria que você deu a outro coração, solitário e nobre!

Meu Deus! Um minuto inteiro de felicidade plena! Seria isso pouco para toda a vida de um ser humano?...

Fiódor Dostoiévski, nascido em Moscou, é um dos mais importantes escritores russos. Autor de contos, romances e novelas, alcançou grande sucesso com sua obra de estreia, *Gente pobre* (1846). Por conspirar contra a monarquia russa, foi preso e condenado à morte, mas livrou-se no último momento e teve a pena comutada em deportação. Os anos em regime de trabalho forçado na Sibéria tiveram grande impacto sobre sua vida e obra, fazendo emergir temas densos, como o crime, a humilhação, a culpa e o suicídio. Dostoiévski faleceu no ano de 1881, vítima de epilepsia.

Published by NANE

NOITES BRANCAS

NOITES BRANCAS

NOITES BRANCAS

NOITES BRANCAS

NANO

NANO

DADOS INTERNACIONAIS DE CATALOGAÇÃO NA PUBLICAÇÃO (CIP)

D724n
Dostoiévski, Fiódor

Noites brancas: romance sentimental (das recordações de um sonhador) / Fiódor Dostoiévski ; tradução por Lucas Simone. – Rio de Janeiro : Antofágica, 2023.

96 p. : il. ; 11,5 x 15,4 cm ; (Coleção de Bolso)

Título original: Белые ночи

•

ISBN 978-65-80210-47-3

•

1. Literatura russa. I. Simone, Lucas. II. Título.

CDD 891.73 **CDU 821.161.1**

André Queiroz – CRB 4/2242

1ª edição, 2ª reimpressão

Antofágica

prefeitura@antofagica.com.br
instagram.com/antofagica
youtube.com/antofagica
Rio de Janeiro — RJ

É fácil se apaixonar por uma ideia.

Acesse os textos complementares a esta edição.
Aponte a câmera do seu celular para o QR CODE abaixo.

ESTA EDIÇÃO, COMPOSTA ENTRE
OS MOMENTOS DE FOLGA DOS
FUNCIONÁRIOS DA IPSIS GRÁFICA
DURANTE SEUS PASSEIOS
NOTURNOS, FOI COMPOSTA EM

Sentinel
Graphik

— E IMPRESSA EM PAPEL —
Pólen Bold 70g

Abril 2025.